KB262170

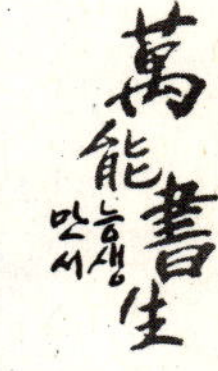

萬能書生
만능서생

임영기 新무협 판타지 소설 FANTASTIC ORIENTAL HEROES

만능서생 4

임영기 新무협 판타지 소설

초판 1쇄 찍은 날 § 2012년 9월 24일
초판 1쇄 펴낸 날 § 2012년 10월 2일

지은이 § 임영기
펴낸이 § 서경석

편집부장 § 권태완
편집책임 § 주소영

펴낸곳 § 도서출판 청어람
등록번호 § 제1081-1-89호
등록일자 § 1999. 5. 31
어람번호 § 제2-2264호

주소 § 경기도 부천시 원미구 심곡2동 163-2 서경B/D 3F (우) 420-822
전화 § 032-656-4452팩스 § 032-656-4453
http://www.chungeoram.com
E-mail § chungeorambook@daum.net

ⓒ 임영기, 2012

ISBN 978-89-251-3019-4 04810
ISBN 978-89-251-2960-0 (세트)

萬能書生

만능서생

임영기 新무협 판타지 소설 FANTASTIC ORIENTAL HEROES

피에 젖어서

4

도서출판 청어람

제33장 태풍의 눈   7

제34장 천붕양행(天鵬洋行)   33

제35장 항해(航海)   59

제36장 백호공   85

제37장 천추문의 멸문   113

제38장 철화신(鐵花神)   137

제39장 복수의 서막   165

제40장 보보혈로(步步血路)   189

제41장 사선(死線)에서   215

제42장 암중의 은인   267

제43장 매향소녀(梅香少女)   289

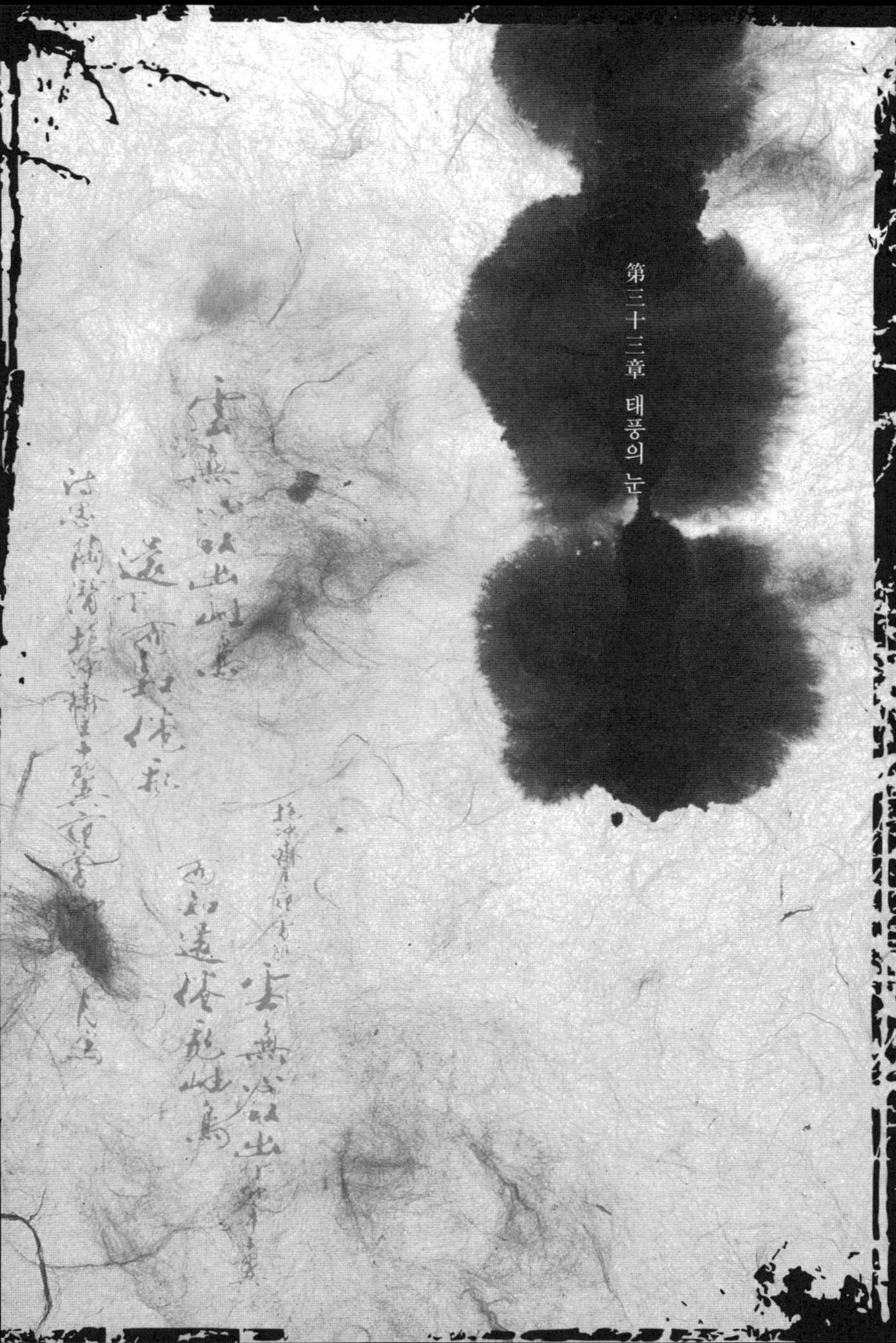

第三十三章　태풍의 눈

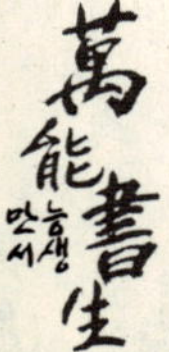

혈풍도대는 일척붕개에게서 알아낸 사실을 어느 누구하고
도 공유하지 않았다.

그들이 알아낸 내용은 그리 많지 않았지만 지금 당장 일을
착수하기에는 부족함이 없었다.

혈풍도대는 용비와 소선개가 광폭도의 시체를 태워 버렸
다는 사실까지 알게 되었다. 그래서 용비와 소선개가 광폭도
를 죽이지는 않았으나 그 일에 깊이 개입되어 있을 것이라고
추측했다.

또한 용비가 백연을 죽였으며 조오를 제압해서 어디론가

데리고 갔다는 사실도 알았다.

그거면 충분하다. 용비가 실마리다. 그러므로 이제부터 용비를 찾아내서 제압하여 족치면 술술 풀릴 것이다. 제팔조장 유혼도는 그렇게 확신했다.

그러려면 우선 용비라는 놈에 대해서 자세하게 조사하는 것이 순서다.

현재로선 용비가 항주오세하고는 별다른 연관이 없는 것이 분명했다.

그래서 혈풍도대는 용비에 대해서 알아내기 위해서 천추문과 신룡보에 의뢰하기로 했다.

용비를 직접 제압하는 것은 혈풍도대 여덟 명만으로 가능하지만 정보를 수집하는 것은 토박이들의 힘을 빌려야만 한다는 판단에서다.

물론 무엇 때문에 용비를 찾는지는 말하지 않을 것이다.

*　　　*　　　*

정오가 막 지났을 무렵에 한정과 수진랑은 하녀의 복장으로 갈아입은 모습을 하고 거처를 나섰다.

두 소녀는 지난밤에 함께 있으면서 밤새 잠을 설치며 용비를 걱정했었다.

어젯밤 용비가 혈풍도대 여고수에게 당하고 있는 화영 조단 개방제자들을 구하러 간 이후 아무런 소식이 없어서 무슨 변이라도 당한 것이 아닌가 이 생각 저 생각에 도통 잠이 오지 않았다.

결국 용비를 따라갔던 뇌웅이 돌아와서 용비가 무사히 남관구 포구로 갔다는 소식을 전해주어서야 두 소녀는 안심할 수 있었다.

그런데 아침 댓바람부터 혈풍도대 제팔조장 유혼도가 두 명의 혈풍도수를 이끌고 천추문에 찾아온 것이다.

유혼도는 천추문주 한성림에게 다짜고짜 '용비'라는 자를 아느냐고 물었다.

그 자리에는 한정과 한무군도 있었으며, 모두 속으로는 움찔 놀랐으나 내색하지 않으려고 애쓰면서 그런 사람은 모른다고 딱 잡아뗐다.

유혼도는 용비에 대해 조사해 줄 것과 그를 잡아들이라고 부탁, 아니, 명령을 하고는 가버렸다.

혈풍도대가 어떻게 용비를 알게 됐는지 모를 일이다. 더구나 그들은 용비가 대단한 고수이며 매우 유명한 인물인 것처럼 말했다.

어쨌든 그들이 용비의 존재를 알게 된 이상 그가 위험에 처하게 됐다는 것만은 분명했다.

한정은 즉시 그 사실을 수진랑에게 알렸고 두 소녀는 잠시 상의한 후에 우선 용비의 모친 미령을 용비에게 데려다 줘야 겠다고 결정했다.

성내에 남아 있는 용비의 위험요소는 미령이 유일하다. 그 녀를 안전하게 피신시킨다면 용비의 큰 걱정 하나를 덜게 되 는 것이다.

한정과 수진랑이 천추문 중경을 나서려고 할 때 한성림이 따라 나오면서 주의를 주었다.

"미행을 조심해라. 만약 미행이 있다고 의심이 들면 용비 의 모친에게는 가지 마라."

이후 두 소녀는 숙객당 주방에 들러서 지연화를 밖으로 불 러냈다.

어제 용비가 지연화와 소진진을 데려간다고 말했기 때문 에 그녀들은 만반의 준비를 하고서 이제나저제나 초조하게 기다리고 있었다.

천추문 측문을 나서는 한정의 일행이 한 사람 더 늘었다. 용비의 외겸인 친구였던 마강이 자기도 용비에게 가겠다면서 부득부득 따라나선 것이다.

한정과 수진랑은 난색을 표했으나 마강은 자신이 숙객당 에서 용비의 가장 친한 친구라고 주장했으며, 지연화와 소진 진도 그의 말이 맞는다고 확인을 해주었다. 그래서 결국 마강도 함께 가는 것으로 결정했다.

한정 일행 다섯 사람 모두 평범한 복장이었으며 지연화와 소진진, 마강은 간단한 짐 보따리를 들고 있어서 영락없는 하인과 하녀의 모습이었다.

그러므로 사전에 어떤 정보를 알고 있지 않는 한 그들을 의심할 사람은 없을 것 같았다.

더구나 한정은 지연화, 소진진과 마치 친구처럼 정답게 대화를 하면서 길을 가고 있었다.

단지 수진랑은 묵묵히 그들을 뒤따르면서 자연스러운 동작으로 미행이 있는지를 살펴보곤 했다. 그러다가 어느 순간 수진랑이 반짝 눈을 빛냈다.

[미행이 있어.]

[확실해?]

한정과 수진랑은 어젯밤에 서로 말을 놓기로 했다. 수진랑이 자연스럽게 머리카락을 쓸어 넘기면서 전음을 보내자 한정이 깜짝 놀라는 표정으로 물었다.

[확실해. 몇 번이나 확인했어.]

[어쩌지?]

[이대로 어머님에게 갈 수는 없어.]

한정은 수진랑의 말에 공감했다. 미행을 매단 상태에서 용비 모친에게 가는 것만큼 위험한 일은 없다.

[할 수 없다. 저들의 표적은 정 매하고 나일 테니까 어머님을 모시는 것은 이들에게 부탁하자.]

수진랑은 지연화 등에게 전음으로 미령루의 위치와 미령을 만나서 어떻게 할 것인지에 대해서 자세히 설명해 주었다.

*   *   *

"지금 누구라고 말했어요?"

흑룡가인 반아미는 깜짝 놀라서 혈풍도대 제팔조 부조장 인효에게 물었다.

조장 유혼도가 천추문에 찾아간 같은 시각에 부조장 인효는 신룡보에 찾아와 있었다. 그가 신룡보를 방문한 목적은 유혼도와 같다.

인효가 신룡보주에게 처음으로 입을 떼어 '용비를 아느냐?' 라고 묻는 자리에 우연히 반아미가 함께 있었던 것이다.

"용비라고 말했소. 혹시 소보주는 그 이름을 아오?"

인효는 부드럽게 미소 지으며 반아미를 쳐다보았다. 그 미소 속에는 먹이라고 판단되면 재빨리 낚아채려는 독수리의 예리한 눈빛이 감추어져 있었다.

용비를 생각하자 반아미는 착잡한 표정을 지었다.

"조금 알고 있을 뿐이에요."

그녀는 주종관계를 내기로 건 비무에서 용비에게 패한 후 그의 종이 되었다가 졸지에 버림을 받고는 그때부터 용비를 찾기 위해서 백방으로 수소문을 했었다.

하지만 용비에 대한 잡다한 정보나 소문을 잔뜩 입수했을 뿐 끝내 그의 행적을 찾지는 못했었다.

그녀가 알아본 바에 의하면 용비는 천추문 숙객당의 외겸 인이었으며 모친은 성내에서 주루를 하고 있는 전직 기녀 출신이었다는 것이다.

그 밖에도 여러 정보를 알게 되었으나 그녀는 그것들이 자기가 알고 있는 용비, 즉 만능서생하고는 전혀 상관이 없다고 단정했다.

만능서생처럼 대단한 고수가 천추문의 외겸인이고 그의 모친이 전직 기녀일 리가 없다고 생각한 것이다. 그래서 만능 서생 용비가 신출귀몰의 신비한 고수라고 판단했다.

"내가 아는 용비는 만능서생이라고 해요. 저는 그자와 한 차례 비무를 한 적이 있어요."

반아미는 씁쓸한 표정으로 인효에게 말해주었다.

"비무라니, 좀 더 자세히 설명해 주겠소?"

인효는 용비에 대해서라면 터럭만 한 정보라도 얻어야 하기 때문에 필사적이었다.

반아미는 자신이 무참히 패배한 그날의 비무에 대해서 말하는 것이 께름칙했다.

"우리에겐 매우 중요한 일이오. 부탁하오."

인효는 사정하듯 정중하게 부탁했다. 만약 그가 강압적으로 나왔으면 깐깐한 성격의 반아미는 무슨 일이 있어도 말해주지 않았을 것이다.

그녀는 용비와의 비무에 대해서 설명해 주었으나 그에게 불과 이 초식 만에 패해 버렸기 때문에 말해줄 내용이 별로 없었다. 더구나 그녀는 말주변이 없는 편이다.

"그 외에는 없었소?"

"그 외에 뭘 말이죠?"

"용비라는 자와 함께 온 사람들이라든지 그가 사는 곳, 잘 가는 장소 같은 것 말이오."

반아미는 인효가 그런 것을 묻는 것이 좀 이상하다는 생각이 들었다.

하지만 비무 이외의 것들에 대해서 말해주는 것이 싫었다. 만약 그녀가 자신이 알고 있는 내용을 인효에게 자세히 설명했다면 큰 도움이 됐을 것이다.

"없어요."

"그와는 비무만 했소?"

"그럼 비무만 했지 밥이나 술을 먹었겠어요?"

반아미는 이미 기분이 나빠져서 톡 쏘아붙였다. 그녀는 상대가 절대십천의 혈풍도수라는 사실을 알고 있다. 하지만 그런 것이 다른 사람에겐 먹힐지 몰라도 그녀를 기가 죽게 하지는 못한다.

인효는 온화한 미소를 지으면서 그녀를 바라보았다. 그녀가 용비하고 정말 비무만 했는지 아니면 다른 관계도 있는지 미소 뒤에 감춰진 날카로운 눈빛으로 살펴보았다.

반아미는 문득 궁금해져서 물었다.

"무엇 때문에 만능서생을 찾는 거죠?"

영특한 인효는 반아미의 흥미를 유발해야겠다고 생각했다.

"절대십천에서는 탁월한 인재를 찾고 있소. 그래서 항주 일대에서 용비의 명성이 높다는 소문을 듣고 그를 직접 만나 본 천에 들어올 의향이 없는지 물어보려는 것이오."

그는 반아미가 조금 관심을 보이는 것 같으니까 미끼 하나를 더 던졌다.

"그런데 과연 비무에서 그가 흑룡가인을 이 초식 만에 이겼다면 대단한 인물이 아니겠소?"

"흥! 대단하긴 하죠."

반아미는 차갑게 코웃음을 쳤다. 하지만 자신이 패한 것에 대해서 변명을 늘어놓거나 용비를 폄하하지는 않았다. 패한

것은 패한 것이라고 당당하게 인정하는 모습 또한 그녀의 진
면목이다.

“만능서생 정도면 절대십천에서도 탐낼 만하겠군요.”

반아미는 고개를 끄덕이며 용비의 우월함을 인정했다. 그
녀가 자신이 패했다는 사실에 대해서 강하게 반발을 하거나,
절대십천이 용비를 영입하려고 하는 것에 대해서 시기심을
품는다면 인효가 던진 미끼를 물게 되는 것이다.

하지만 인효가 반아미라는 별난 소녀를 제대로 모르고 있
었다는 것이 문제였다.

옆에서 잠자코 듣기만 하던 신룡보주가 한 술 더 떴다.

“음. 패한 것을 인정하는 것이야말로 진정한 무인의 도리
다. 그리고 아미 너는 더욱 분발하여 추후 만능서생을 이기도
록 하여라.”

“네. 아버님.”

인효는 남몰래 미간을 좁혔다.

‘염병. 개코같은 부녀로군.’

*　　　*　　　*

[진랑 언니, 미행하는 자가 우리를 따라온 게 확실해?]

[확실해. 저기 왼쪽 모퉁이 보이지? 저자야.]

한정과 수진랑은 어느 가게 바깥쪽 좌판에서 물건을 구경하는 체하면서 전음을 주고받았다.

한정이 머리카락을 쓸어 올리며 자연스럽게 주위를 둘러보면서 슬쩍 미행하는 자를 쳐다보았다.

그자는 경장을 입은 평범한 장한이었으며 무기도 지니고 있지 않아서 미행자로 보이지 않았다.

하지만 그자가 이쪽을 힐끗거리는 것으로 봐서 그녀들을 감시하고 있는 것이 분명했다.

[여기서 갈라지자. 만약 저자가 날 미행하면 어떻게든 따돌리고 미령루에 갈 테니까 정 매도 그곳으로 와. 하지만 저자가 정 매를 미행하면 그냥 천추문으로 돌아가.]

[싫어. 따돌리고 미령루로 가겠어.]

수진랑의 지시를 한정은 결사적으로 반대했다. 천추문으로 돌아가면 용비를 만나지 못하기 때문이다.

그녀는 용비와 헤어져 있었던 어젯밤 동안 숨이 막혀서 죽는 줄 알았다.

설마 그와의 잠시 동안의 헤어짐이 그토록 지독한 고통일 줄은 예상하지 못했었다.

그러므로 한시라도 빨리 그를 만나고 싶은데 다시 천추문으로 돌아가라는 것은 죽기보다 싫었다.

수진랑은 여리고 순종적인 성격의 한정이 이처럼 강하게

나오자 뜻밖이라는 표정을 지었다. 그리고는 잠시 궁리를 하고는 전음을 보냈다.

[그럼 정 매는 잠시 이곳에 있도록 해. 내가 먼저 이곳을 떠나면 저자는 분명히 날 미행할 거야.]

[알았어.]

한정은 그제야 기쁜 듯 미소를 방긋 지었다.

잠시 후에 수진랑은 한정에게 잘 있으라는 듯 손을 들어 보이고는 가게를 나와 거리를 따라서 걸어갔다.

한정은 미행자가 수진랑을 따라가는 것을 확인했다. 하지만 잠시 더 가게에 머물다가 나와서 수진랑이 간 반대방향으로 향했다.

한정이 남문을 나와 관도로 들어서자 오가는 행인이 무척 많았다.

관도에 나서면 경공술을 전개하려고 했던 그녀는 행인 때문에 경공술을 전개하는 것을 망설였다.

하지만 미령루에 지연화들만 보낸 것을 생각하고는 마음이 조급해져서 입술을 질끈 깨물고는 관도 가장자리에서 땅을 박차며 쏘아나갔다.

행인들이 놀라 분분히 피했으나 그녀는 모른 체하고 더욱 속력을 높였다.

평소의 그녀라면 이러는 것은 절대 있을 수 없는 일이지만 지금은 미령이 걱정되고 또 용비가 보고 싶어서 어쩔 수가 없었다.

지연화와 소진진, 마강이 아무리 설득을 해도 미령은 집 안에서 한 발자국도 움직이려고 들지 않았다.

미령이 생전 처음 보는 세 사람을 따라나서지 않으려는 것은 당연했다.

그래서 지연화는 용비에 대해서 설명할 수밖에 없었다. 그가 지금 남관구 포구에서 기다리고 있으며, 소문주 한정이 미령을 데리고 용비에게 가라고 지시했다는 말을 하자 그제야 미령의 마음이 조금 움직였다.

"정말이야? 소문주께서 그랬어?"

원래 나이가 사십삼 세인 그녀는 술 때문에 오십 세로 보였으나 지금은 육십여 세로 보였다.

용비가 집에 들어오지 않은 이후에는 술을 마시지 않는데도 더욱 늙어버렸다.

"정말이고말고요. 소문주께서도 남관구로 오신다고 했으니 어쩌면 가다가 만날지도 모르겠군요."

가장 연장자이며 차분한 성품의 지연화가 조곤조곤 설명하자 미령은 쭈뼛거리면서 마당으로 나왔다.

"소문주가 오신다고?"

"네. 그리고 이름은 모르지만 일대제자 소저 한 분도 함께 오실 거예요."

"진랑도 오는구나?"

미령의 얼굴이 좀 더 밝아졌다.

"네."

지연화는 한정과 함께 있던 일대제자의 이름을 모르지만 미령이 반색하자 고개를 끄덕였다.

미령은 집의 문을 잠그고 돌아서며 지금까지와는 달리 활달한 표정을 지었다.

"가자."

지연화와 소진진, 마강은 그제야 안도의 한숨을 내쉬었다.

"어머니, 제가 업겠습니다."

덩치가 곰처럼 크지만 용모는 순둥이 같은 마강이 미령 앞에 웅크리고 앉아 넓은 등을 내밀었다.

"그러세요. 어머니."

"어머니, 마강은 힘이 장사예요."

미령은 예쁜 소녀들과 범강장달이 같은 청년이 입을 모아서 어머니라고 부르자 기분이 좋아져서 망설이는 듯하며 마강의 등에 업혔다.

"거기까지다."

그때 느닷없이 모두의 머리 위에서 낯선 사내의 냉랭한 목소리가 흘러내렸다.

지연화 등은 깜짝 위를 쳐다보았다. 그런데 언제 나타났는지 집 지붕 위에는 한 명의 장한이 두 손을 허리에 얹은 채 우뚝 서 있었다.

모두 놀라서 얼어붙은 모습으로 서 있는데 장한은 일 장 반이나 되는 높이의 지붕에서 훌쩍 몸을 날려 마당에 가볍게 내려섰다.

장한은 마강에게 업혀 있는 미령을 향해 천천히 걸어오며 음흉한 미소를 지었다.

"흐흐. 너희의 대화를 들어보니까 네년이 용비라는 놈의 어미인 것 같구나. 내가 오늘 횡재를 했군."

"이놈! 감히!"

마강은 장한이 미령에게 욕을 하자 앞뒤 가리지 않고 벼락같이 오른발을 내밀어 장한의 복부를 걷어찼다. 거구인 그의 발에 적중당하면 장한은 뼈가 박살 나거나 내장이 터져 버릴 것 같았다.

푹!

"끅!"

그러나 답답한 신음소리는 마강의 입에서 흘러나왔다.

그의 발길질은 장한을 맞히지 못했다. 그러기에는 그의 동작이 너무 굼떴다. 오히려 장한이 팔을 쭉 뻗고 있으며, 그의 손에 쥐어져 있는 한 자 길이의 단검이 어느새 마강의 가슴 한복판을 지른 상태였다.

"아악!"

그 광경을 보고 지연화와 소진진이 자지러지면서 뾰족한 비명을 질렀다.

장한은 눈을 부릅뜨고 있는 마강을 보면서 만족한 듯 잔인한 미소를 지었다.

"흐흐. 내가 손에 힘을 약간만 더 주면 네가 업고 있는 년도 같이 인간산적이 되어 황천 구경을 하게 될 것이다. 그래도 계속 업고 있을 테냐?"

"으아!"

콱!

그런데 마강이 갑자기 두 손으로 장한의 단검을 쥔 손을 와락 움켜잡고 소리쳤다.

"어머니! 어서 도망가세요!"

마강이 받치고 있던 손을 놓자 미령은 자연적으로 땅에 내려졌다. 하지만 그녀는 단호한 표정으로 말했다.

"안 간다."

"어머니!"

"내 아들의 친구들을 이곳에 놔두고는 한 발자국도 움직이지 않겠다."

"어머니……."

그녀는 마강이 자신의 죽음을 도외시하면서까지 자기를 보호하는 것에 적잖이 감명을 받았다.

미령은 옆으로 한 걸음 나와서 장한에게 호통을 쳤다.

"네 이놈! 당장 꺼지지 못하겠느냐?"

퍽!

"윽!"

장한이 복부를 걸어차자 마강은 썩은 짚단처럼 뒤로 날아가 나동그라졌다.

그 바람에 단검이 뽑히자 마강은 쓰러진 채 가슴에서 분수처럼 피가 뿜어졌다. 또한 그는 방금 차인 발길질에 내장이 터졌다.

"강아!"

두 소녀는 소스라치게 놀랐으나 마강에게 다가가지는 못했다. 장한이 미령을 노리는 것 같았기 때문이다. 그녀들은 힘이 없으나 미령을 보호해야 한다는 생각에 주춤주춤 미령 쪽으로 다가갔다.

과연 장한은 단검에서 피를 뚝뚝 흘리면서 성큼성큼 미령에게 다가들었다.

“네년은 나하고 같이 가줘야겠다.”

“미친놈. 내가 왜 네놈하고 같이 가느냐?”

미령은 버럭 호통을 치고는 집 쪽으로 달려가면서 마강에게 외쳤다.

“움직이지 마라. 약을 가져오마.”

그녀는 장한의 존재 따위는 안중에도 없다는 듯 행동했다.

“이년! 너는 나하고…… 흐윽!”

장한은 미령에게 달려들며 뒤에서 그녀의 머리채를 낚아채려다가 갑자기 신음을 터뜨리며 옆으로 붕 날아갔다.

한정은 왼 발뒤꿈치로 장한의 옆머리를 후려 찬 직후의 멋진 자세를 취하고 있었다.

“소문주!”

미령과 지연화, 소진진은 위급한 순간에 나타난 한정을 발견하고 기쁨의 탄성을 터뜨렸다.

한정은 널브러져 있는 장한을 보며 안도의 표정을 지었다.

‘조금만 늦었으면 천추의 한을 남길 뻔했어. 설마 이들에게까지도 미행이 따라붙었을 줄이야.’

한정은 급히 미령의 두 손을 잡으며 눈물을 글썽거렸다.

“어머님, 많이 놀라셨죠?”

“아니에요. 소문주.”

미령은 반가운 중에도 걱정스럽게 마강을 바라보았다.

“그보다 저 아이가 많이 다쳤어요.”

“제가 살펴보겠어요.”

한정은 마강 옆에 무릎을 꿇고 앉아 상처를 살펴보았다.

“소… 문주…….”

“움직이지 말아요.”

마강이 황송한 표정으로 일어나려고 하자 갑자기 가슴의 상처에서 피가 더욱 뿜어졌다.

한정은 그의 어깨를 누르면서 장한을 쳐다보았다. 그자는 코와 입에서 피를 흘리면서 혼절한 상태였다.

공력이 실려 있는 한정의 돌려차기 한 방을 정통으로 맞았으니 어쩌면 죽었을지도 모른다.

한정은 급히 마강의 상처 주위의 몇 군데 혈도를 눌러서 지혈을 시켰다.

그녀가 할 수 있는 것은 그게 전부다. 하지만 칼이 마강의 심장을 살짝 비껴서 찌른 상태라서 치명적이지는 않았다. 그러므로 용비라면 마강을 완치시켜 줄 수 있을 것이라고 믿었다.

지난번에 한정이 반아미의 일격에 적중되어 가슴을 크게 다쳤을 때에도 용비는 밤새 정성껏 그녀를 치료해서 완치시켜 주었었다.

미령이 서둘러 집에서 금창약을 갖고 나왔다. 그것은 용비가 만들어놓은 것으로 평소 미령이나 주루의 사람들이 다쳤을 때 바르는 상비약이다.

한정은 미령이 마강의 상처에 금창약을 바르는 것을 보고 저만치 쓰러져 있는 장한에게 다가갔다.

장한의 옆머리는 완전히 으깨어져 있었다. 한정은 그가 누군지 궁금했다. 그래서 맥을 짚어보니 미약하게 간신히 뛰고 있는 것이 느껴졌다.

그녀가 손목을 통해서 부드러운 진기를 주입하자 장한이 게슴츠레 눈을 떴다.

"당신 누구죠?"

"으으……."

그러나 장한은 몇 번 힘겹게 눈을 껌뻑이다가 눈을 뜬 채로 숨이 끊어졌다.

한정 등은 급히 미령루 근처 마방에서 말 한 필이 끄는 수레 한 대를 구하여 그곳에 미령과 마강을 태우고 남관구 포구에 도착했다. 그리고 오는 도중에 뒤따라온 수진랑과 합류했다.

그런데 남관구 포구 운송선 구역에 천붕호는 보이지 않

왔다.

"포구에 정박해 있는 것이 위험하니까 어딘가 피해 있는 것 같군."

"그런 것 같아."

"자… 이제 어쩌지?"

강을 보면서 말을 주고받다가 수진랑이 수레에 타고 있는 미령을 돌아보며 중얼거렸다.

"우선 천붕양행으로 가는 게 어떨까?"

"그게 좋겠다."

며칠 전 운송선 두 척의 건조를 맡겼던 날에 한정과 용비 등은 포구거리 목 좋은 곳에 운 좋게 점포를 하나 얻었었다. 그곳이 천붕양행이다.

"마침 잘됐어. 그곳에서 할 일이 있거든."

한정은 앞장서서 천붕양행으로 달려갔다.

천붕양행의 주된 일은 운송이기 때문에 점포에 물건 따위를 진열해 놓지는 않는다.

그 대신 운송을 맡길 손님을 접대할 장소에 가구나 분재, 그림 같은 것들로 아담하게 꾸미고, 운송할 물건을 보관할 창고가 필요하다.

천붕양행 점포는 포구에 면해 있으며, 그 뒤쪽에 한꺼번에

곡식 십만 석을 보관할 수 있을 정도로 큰 창고 네 채도 확보해 두었다.

그리고 점포와 창고 사이에는 넓은 마당이 있으며 한쪽 귀퉁이에 한 채의 이층 별채가 있는데, 그곳에는 몇 개의 방과 주방 등이 갖추어져 있어서 살림도 가능하다.

한정은 일단 미령과 부상을 입은 마강을 별채에서 쉬도록 하고 소진진에게는 두 사람을 보살피라고 일러두었다.

그러고 나서 한정은 수진랑, 지연화와 함께 점포와 살림에 필요한 물건들을 사러 포구로 나섰다.

점포에 필요한 물건은 한정이, 살림에 필요한 것들은 지연화가 고르라고 할 것이다.

"그런데 정 매, 물건 살 돈 있어?"

"없어도 돼."

수진랑의 물음에 한정은 방긋 미소 지었다.

수진랑과 지연화는 물건을 사는 데 어째서 돈이 없어도 되는지 어리둥절했다.

하지만 그 이유는 곧 알게 되었다. 천붕양행이라는 든든한 점포가 있기 때문에 사람들은 그것을 믿고 앞다투어 물건을 내주었다. 즉, 외상인 것이다.

한정은 오래지 않아서 천붕호가 포구에 돌아오면 용비가 천붕양행에 들러볼 것이라 믿고 수진랑 등과 힘을 합쳐 열심히 점포와 별채를 꾸몄다.

　표면적으로라도 오랫동안 평화로웠던 천하 무림에 서서히
거대한 태풍의 조짐이 일기 시작했다.
　태풍의 눈은 항주였다.

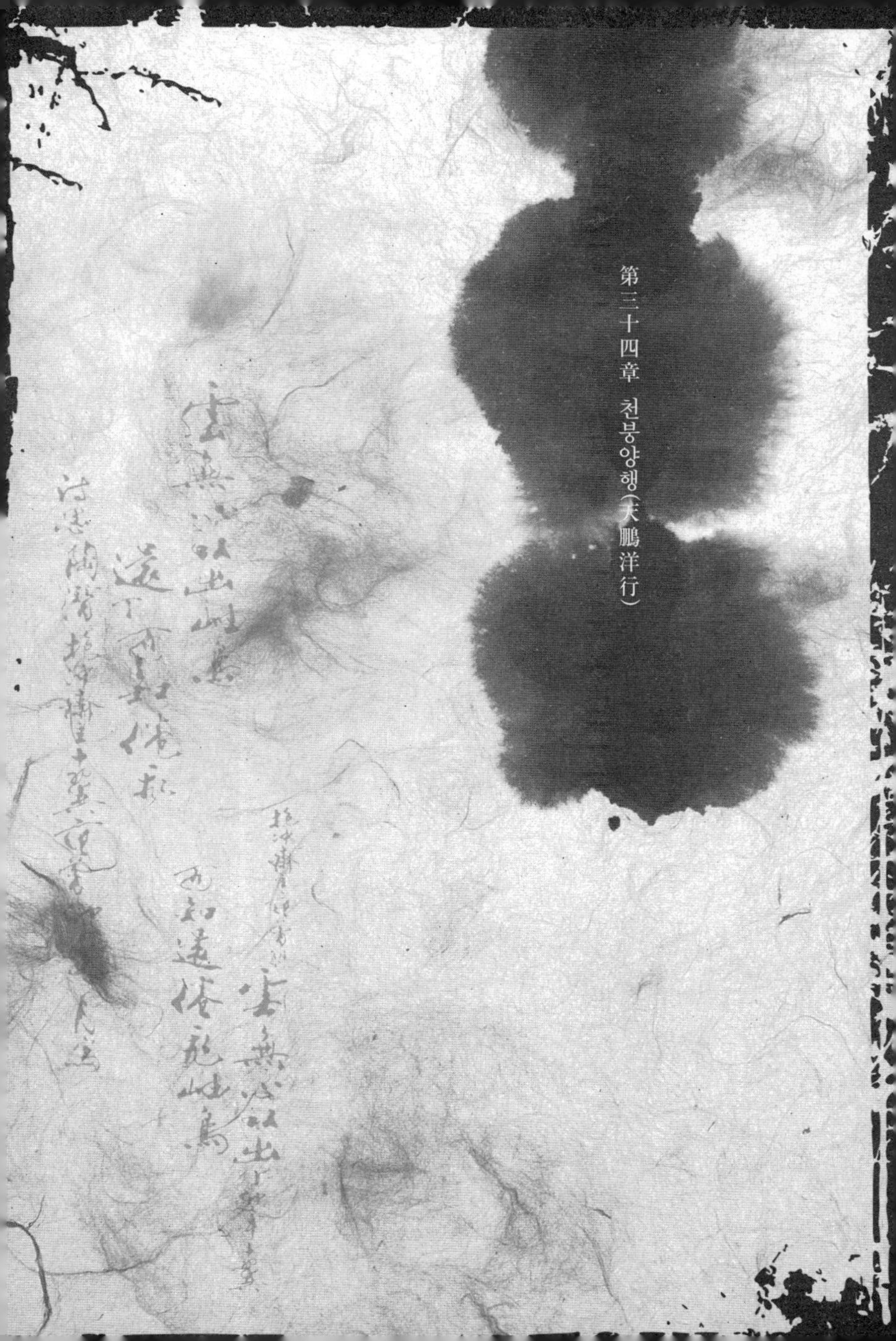

第三十四章 천붕양행(天鵬洋行)

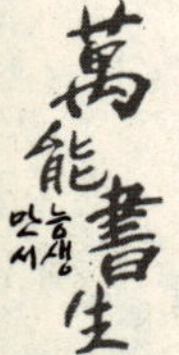

　조오는 알몸으로 사신검에 칭칭 묶인 상태에서 거꾸로 매달려 있는 모습이다.

　용비는 조오를 심문하여 필요한 정보를 알아낸 후에 그녀를 소선개에게 넘겼다.

　그는 조오의 체내에서 주작공기만 제거했을 뿐이지 그녀를 제압할 당시 벽에 갈아붙인 얼굴이나 부러진 팔 등의 상처는 치료해 주지 않았다. 그럴 정도로 그는 혈풍도수에게까지 자비롭지 못했다.

　그녀가 소선개와 수하들에게 한 짓을 생각하면 당장 갈가리 찢어 죽여도 분이 풀리지 않을 것이다. 하지만 복수는 소선개가 충분히 해줄 터이다.

조오가 알몸이 된 이유는 입고 있던 옷이 주작공기에 의해서 다 삭아버렸기 때문이었다.

그렇지만 용비와 소선개는 그녀에게 다른 옷을 입혀주지 않았다. 그녀의 알몸이 보고 싶다는 말도 되지 않는 이유 같은 것이 아니다. 우선 그녀에게 옷을 입혀주는 수고를 하기가 싫었고, 곧 죽일 것이기 때문에 구태여 그럴 필요가 없기 때문이다.

천붕호가 전당강 한가운데에 닻을 내리고 떠 있는 동안 소선개는 내내 조오 곁에 있었다. 그녀를 보살피려는 것이 아니라 괴롭히기 위해서였다.

그는 밧줄을 구해 와서 그것으로 매달려 있는 조오를 가차 없이 때렸다.

조오에게 온갖 조롱과 경멸을 퍼부으면서 쉴 새 없이 때리고 또 때렸다.

밧줄이 터지고 끊어지면 새 밧줄로 다시 때렸다. 그러나 아무리 때려도 소선개는 자신이 그녀에게 당한 것과 세 명의 수하를 잃은 분이 풀리지 않았다.

소선개 자신도 성치 않은 몸이라서 한동안 때리다 보면 지쳐서 주저앉아 헐떡거리며 숨을 몰아쉬었다.

그러나 잠시 쉬고 조금이라도 힘이 생기면 다시 일어나 때리기를 계속했다.

조오는 얼굴과 온몸에 뱀이 휘감긴 것 같은 상처가 생겼으며 그곳에서 흐른 피가 바닥을 붉게 물들였다.

그녀는 사람의 모습이 아니라 푸줏간에 매달아놓은 고깃덩이 같았다. 얼마 전 소선개의 모습이 바로 그랬었다.

또한 그녀는 너무 고통스러워서 혼절했다가는 시간이 지나면 다시 깨어나기를 반복했다.

소선개는 그녀가 고통에 못 이겨서 비명을 지르도록 아혈을 제압하지 않았다.

처음에 그녀는 이를 악물고 입술을 짓깨물면서도 절대로 비명을, 아니, 신음조차 흘리지 않았다.

죽어도 비명을 지르지 않는 것으로 소선개를 농락하고자 했다. 그러나 원래 매에는 장사가 없는 법이고 매는 몸에서 튀지 않는다.

소선개가 세 번째로 새 밧줄을 갈아치울 때부터 그녀는 비명을 지르기 시작했다. 그러더니 끝내는 빨리 죽여달라고 울부짖었다.

그러나 원한에 가득 차 있는 소선개가 그녀를 쉽사리 죽일 리가 없다.

그는 그녀가 혼절했을 때에는 때리지 않았다. 때리는 의미가 없기 때문이다.

깨어나기를 기다렸다가 그녀의 피투성이 몸에 침을 뱉고 독설을 퍼부으며 킬킬 웃으면서 때렸다.

어느덧 때리는 사람도 맞는 사람도 극도로 지쳐갈 무렵, 소선개는 한 가지 사실을 깨달았다.

조오를 간단하게 죽이는 것은 그녀에게 자비를 베푸는 것이라고 말이다.

그래서 그녀를 살려두기로 결정했다. 단, 그녀가 가장 비참한 삶을 영위하는 방법을 찾아냈다. 즉, 그녀의 무공을 폐지해 버린 것이다.

그로써 혈풍도수 조오는 소선개의 개가 되었다.

소선개가 조오를 때리고 있는 동안 용비는 현재 자신이 처한 상황에 대해서 생각을 거듭하고 있었다.

그는 태어나서 지금까지 수많은 사람에게 핍박만 당하고 살아왔었다.

아비 없는 기녀의 자식. 찢어지게 가난한 궁핍한 생활. 철이 들면서부터 한 푼의 돈을 벌기 위한 처절한 사투. 홀어머니를 괴롭히는 숱한 사내들. 그 모든 것 때문에 용비는 진저리쳐지도록 가혹한 삶을 살 수밖에 없었다.

그런데 지금 그는 절대십천에게서 핍박을 당하고 있다. 절

대십천의 목적이 무엇인지는 정확하게 모르지만 좋은 의도가
아닌 것만은 분명하다.

어쩌면 절대십천은 사부의 만절사신도를 노리고 있는 것
인지도 모른다.

그럴 가능성이 크다. 만절사신도의 절학을 익히면 천하제
일인, 아니, 영세제일인이 될 수 있는데 그 누구인들 욕심을
내지 않겠는가.

더구나 천하 무림을 지배하며 군림하고 있는 절대십천이
라면 당연히 그럴 것이다.

만절사신도는 사부의 것이다. 그가 몇 년에 걸쳐서 직접
그리는 것을 용비가 두 눈으로 똑똑히 봤다. 그것을 절대십
천이 탈취하려는 것이 분명하다면 절대로 용납할 수 없는 일
이다.

그 앞잡이가 바로 광폭도와 건곤풍이었으며, 혈풍도대는
행동대다.

만약 혈풍도대가 실패하면 절대십천은 또 다른 더 강한 자
들을 보낼 것이다.

어째서 절대십천은 아무 죄도 없는 사부와 용비 자신을 가
만히 내버려 두지 않고 괴롭히는 것인가. 그런 생각을 하자
여간해서는 감정을 잘 드러내지 않는 그마저도 걷잡을 수 없
는 분노가 치밀었다.

지난 시절 자신이 당했던 핍박에다가 모친 미령이 받았던 핍박까지 한꺼번에 합쳐져서 그것이 절대십천에 대한 분노로 뿜어져 나왔다.

"나는 옛날의 외겹인 명귀 따위가 아니다."

그는 어금니를 악물고 조용히 중얼거리면서 주먹을 힘껏 움켜쥐었다.

"지금의 나에게는 힘이 있다. 그리고 앞으로 점점 더 강해질 것이다."

사부가 남겨주신 만절사신도가 세 장이나 더 남아 있다. 아니, 지난번에 들어갔었던 호신도에서 대신에게 아직 배우지 못한 것도 있었다.

그것들을 다 배우고 나면 용비는 자신이 지금보다 몇 배는 더 강해질 것이라고 믿었다.

그의 눈에서 지독한 살기가 줄줄이 뿜어졌다.

"이제는 나와 내 가족, 그리고 친구들을 괴롭히는 자들을 더 이상 용서하지 않을 테다."

그는 결심했다, 더 이상 도망치지 않고 당당하게 맞서서 싸울 것이라고.

늦은 오후 무렵. 이때가 남관구 포구가 하루 중 가장 바쁘고 활기에 넘치는 시각이다.

포구에 수백 척의 크고 작은 배들이 들고나는 혼란한 틈을 타서 천붕호는 운송선 구역 목교 끄트머리에 슬그머니 들어와서 정박했다.

용비는 일단 포구거리에 얻어놓은 점포 천붕양행에 가보기로 했다.

혈풍도대를 상대하는 것도 중요하지만 일단 벌여놓은 사업인 천붕양행의 일을 소홀히 할 수는 없다.

천붕양행에는 자신과 친구들의 전 재산이 투자되었다. 즉, 천붕양행은 모두의 생활기반인 것이다.

그동안 가난은 지긋지긋할 정도로 경험했다. 더 이상 가난하게 연명할 수는 없다.

할 수만 있으면 천하의 돈을 다 긁어모으고 싶다. 그래서 어머니를 편안하게, 아니, 인간이 누릴 수 있는 호강이란 호강은 다 시켜 드리고 싶다.

용비는 어머니 때문에 돈이 필요했다. 그녀의 비참했던 과거를 돈으로나마 보상해 주고 싶은 것이다.

게다가 결우당도 있다. 그것은 화봉 옥연과의 계약이니까 그녀에게서 일거리가 들어오면 잘 선별해서 할 생각이다.

자리가 잡히면 옥연에게도 연락을 할 것이지만 지금은 시기가 아니다. 또한 그녀에게는 이쪽에 대해서 철저하게 비밀을 지킨다.

옥연의 감시 때문에 화봉각에서 나온 것이지 않은가. 그래도 계약은 계약이니까 계속할 생각이다.

용비는 일단 천붕양행을 둘러보고 나서 밤이 되면 성내로 들어가 보려고 마음먹었다.

제일 먼저 할 일은 어머니 미령을 모시고 오는 것이다. 아무리 생각을 해봐도 그녀를 성내에 놔두는 것은 위험하기 짝이 없다. 어머니가 따라오지 않겠다고 하면 강제로 모셔올 작정이다.

소선개가 수하들을 보내서 개방 항주 분타 사람들을 피신시켰다고는 하지만 만에 하나 그들 중에 한 명이라도 혈풍도대나 그들의 수하격인 풍운방 놈들에게 걸려서 자신에 대하여 털어놓는다면 혈풍도대가 어머니에게 해코지를 가하는 것은 시간문제다.

마음은 급하지만 낮에 움직이는 것은 위험하다. 혈풍도대 여고수 조오가 털어놓은 바에 의하면, 항주 인근에서 가장 거대한 대방파 풍운방이 절대십천의 항주 분타라고 하지 않는가. 그러므로 풍운방 고수들이 항주에 깔려 있는 한 무조건 조심하는 것이 좋다. 그래서 밤을 기다리는 것이다.

현재 천붕호에서 무공을 할 줄 아는 사람은 용비 혼자뿐이다. 현도나 낙혼, 요조가 하는 것은 무공이 아니라 싸움, 즉 드잡이다.

설매와 대도가 있지만 그 둘은 평범한 무사 수준일 뿐이다. 혈풍도대가 아니라 풍운방 놈들한테도 상대가 되지 못할 것이다.

하루빨리 그들에게도 무공다운 무공을 가르쳐야 하는데 도무지 시간적 정신적 여유가 생기지 않는다.

용비는 설매와 대도에겐 천붕호를 지키라 이르고, 현도와 낙혼, 요조는 멀찌감치 뒤에서 따라오라고 했다. 그들에게 천붕양행을 점포답게 꾸미라고 시킬 생각이다.

소선개는 천붕호 갑판 아래 선창에서 여전히 조오를 때리면서 쾌감과 희열을 쥐어짜 내고 있다.

포구는 오가는 수레와 마차, 짐꾼들, 행인들로 인해서 그야말로 북새통을 이루고 있었다.

용비는 강 쪽 길 가장자리를 따라서 천붕양행을 쳐다보면서 걷다가 뚝 걸음을 멈추었다.

그가 있는 곳에서 십오륙 장쯤 꽤 멀리 떨어진 곳에 천붕양행이 있는데 지금 그곳에 시선을 붙잡는 현판이 하나 걸려 있었다.

눈을 깜빡이면서 자세히 봤지만 틀림없이 '천붕양행(天鵬洋行)'이라고 멋들어지게 쓴 현판이었다.

며칠 전에 용비가 한정, 현도와 함께 구한 점포는 아무것도 없이 텅 비어 있었다.

지난번 점포 주인이 이사를 가면서 싹 쓸어갔기 때문에 먼지와 거미줄투성이였다.

물론 현판 같은 것이 있을 리가 없다. 그런데 지금 용비의 시선 끝에 다른 이름도 아닌 '천붕양행'이라는 현판이 버젓이 걸려 있는 것이다. 그렇다면 용비네 사람 중에 누군가 현판을 달았다는 얘기다.

하지만 현도 등은 줄곧 천붕호를 떠나지 않고 용비와 함께 있지 않았는가. 대체 누가 현판을 달았다는 말인가.

용비는 천붕양행에서 시선을 떼지 않은 채 가까이 다가가 길 건너편에서 걸음을 멈추었다.

하지만 삼 장 폭의 거리에 수레와 마차, 사람들이 너무 많아서 점포의 입구는 조금도 보이지 않았다. 그래서 길을 가로질러 가까이 가보기로 했다.

포구의 대다수 점포들이 그렇듯이 천붕양행의 문도 활짝 열려 있었다.

아직 개점도 하지 않은 상태이므로 닫혀 있어야 할 문이 열려 있는 것이다.

척!

용비는 점포 안으로 성큼 들어갔다. 누군가 '천붕양행'이라는 상호명을 알고서 현판을 달았다면 적은 아닐 것이다. 하지만 만약 적일 경우에는 그 즉시 사공을 발출하여 요절을 낼 생각이다.

"……!"

점포는 직사각형 구조인데 입구가 왼쪽이라서 들어서면 오른쪽에 넓은 공간이 있으며 밖에서는 보이지 않는다.

그런데 먼지와 거미줄투성이였던 점포 안이 몰라볼 정도로 깨끗해졌다.

그뿐 아니라 보기에도 새것인 듯한 가구와 진열장들이 적당한 곳에 배치되어 있으며, 꽃을 피운 난초와 고급스러운 소나무분재 같은 것들이 곳곳에 놓여 있고, 벽에는 그럴싸한 산수화도 걸려 있었다.

이곳이 지금 한창 영업 중인 운송업체라고 해도 틀리지 않은 말 같았다.

하지만 용비의 시선을 잡아끈 것은 그런 것들이 아니라 입구에서 오른쪽에 있는 접객실처럼 꾸며진 곳이었다.

그곳에는 검박하지만 품격 있어 보이는 자단목의 탁자와 그 둘레에 여러 개의 의자가 놓여 있으며, 지금 그곳에 세 사람이 마주 앉아서 진지한 대화를 나누고 있었다.

그런데 그중 한 사람이 바로 한정이었다. 용비로선 전혀 예상하지 않았던 사람이 거기에 앉아 있었다.

그녀는 우아한 옷차림에 치마를 입었는데 사업을 하는 집안의 소저나 안주인처럼 보였다.

그녀와 마주 앉은 두 명의 중년인은 상인처럼 보였으며 연신 고개를 끄덕이면서 한정의 설명을 듣고 있었다.

"아! 대행주(大行主)."

미소를 지으면서 차분한 모습으로 설명하느라 여념이 없던 한정이 뒤늦게 용비를 발견하고 반가운 표정으로 발딱 일어섰다.

용비는 한정이 자신을 천붕양행의 주인, 즉 '대행주'라고 임기응변으로 불렀다는 것을 깨달았다.

한정은 쪼르르 다가와서 용비 앞에 마주 섰다. 그를 바라보는 그녀의 얼굴에 반가움과 안도, 기쁨이 한꺼번에 떠오르는 것을 용비는 발견했다.

그리고 그 자신도 그녀를 바라보면서 마음이 푸근해지는 것을 느꼈다.

한정이 돌아왔다. 그것만으로 이제부터는 모든 일이 제대로 풀릴 것이라는 예감이 들었다.

한정은 자기보다 머리 하나 반 이상 키가 큰 용비를 올려다보면서 행복한 표정을 지었다.

그리고 용비는 그녀의 눈빛과 표정만 보고서도 그녀의 마음을 알게 되었다.

"대행주께서 안 계시는 동안 손님이 오셨어요."

한정은 마치 대행주인 용비가 잠시 외출을 하고 돌아온 것처럼 말했다.

천붕양행의 지위체계는 아직 정하지 않았는데 용비는 졸지에 대행주가 되었다.

한정은 탁자 앞에 일어나 있는 두 명의 상인을 정중한 자세로 가리켰다.

"이분들은 산동성 제남의 용화상단(龍華商團) 분들이에요. 절강 특산물을 구입하러 오셨는데 목적한 물건을 구해서 이제 제남으로 돌아가려고 하신답니다."

두 명의 상인이 정중히 포권지례를 해 보이자 용비도 마주 포권을 하며 가볍게 고개를 숙였다.

용비는 지금 상황으로 봐서 두 명의 상인이 구입한 특산물을 제남으로 운송하려는 것이라고 짐작했다.

하지만 천붕양행에는 아직 운송선이 없다. 그런데도 한정이 상인들과 거래를 하려고 하다니 대체 어쩌려는 것인지 모를 일이다.

그때 입구로 현도와 낙혼, 요조가 우르르 들어섰다. 그들 역시 한정을 발견하고 깜짝 놀라는 표정을 지었다.

한정은 용비에게 한쪽 눈을 찡긋 해 보이며 마당으로 통하는 뒷문을 가리켰다.

"대행주께선 별채에 들어가 보세요. 오래전부터 손님께서 기다리고 계세요."

그녀는 용비의 팔을 잡고 뒷문 쪽으로 살짝 이끌었다. 그때 그녀의 젖가슴이 물컹하고 팔에 닿자 용비는 묘한 느낌이 들었다. 그것은 흥분 같은 것이 아니고 안도감 비슷한 기분이었다.

"현 행주, 이리 와보세요."

한정은 용비가 뒷문으로 나가는 것을 보고 나서 현도를 불렀다. 그리고 낙혼과 요조에게는 뒷문으로 나가라는 눈짓을 해 보였다.

눈치 빠른 현도는 한정이 자신을 '현 행주' 라고 부르자 상황이 어떻게 돌아가고 있는지 짐작하고 환하게 웃으면서 탁자로 다가갔다.

"어이구! 귀한 손님들께서 오셨군요!"

용비는 며칠 전에 한정과 함께 이곳을 둘러보고는 지금이 두 번째다.

뒷문을 나선 그는 마당과 그 건너편의 창고 건물을 한차례 둘러보고는 마당 오른편에 있는 별채로 걸어갔다.

그때 용비는 별채 입구에서 소진진이 달려나오는 것을 봤다. 그녀는 지연화의 심부름으로 요리 재료를 사러 별채 왼쪽의 골목으로 난 문을 향해서 급히 뛰어가다가 힐끗 용비를 쳐다보았다.

“아!”

그녀는 용비에게 달려오면서 큰 소리로 외쳤다.

“귀야!”

그러더니 우두커니 서 있는 용비의 목에 두 팔을 감으면서 매달리듯 안기며 울음을 터뜨렸다.

“으앙! 귀야! 보고 싶었어!”

소진진은 매우 아담해서 용비에 비해 머리 두 개 정도는 작고 체구는 그의 절반에도 못 미쳤다. 그런 그녀가 그에게 매달리니까 마치 어린아이가 아버지나 삼촌에게 어리광을 부리는 것 같았다.

점포에서 나온 낙혼과 요조는 그 광경을 보고 깜짝 놀라더니 울음소리가 점포 안에 있는 상인들에게 들릴까 봐 얼른 문을 닫았다.

소진진은 마치 저승에서 살아 돌아온 사람을 만난 양 더 큰 소리로 울어댔고, 그 소리를 듣고 별채 안에서 수진랑과 미령, 지연화가 뛰어나왔다.

미령과 지연화는 용비를 발견하곤 놀라서 그 자리에 얼어붙었고, 용비도 미령을 발견하고는 깜짝 놀랐다.

용비는 한정과 수진랑이 어머니를 데려왔을 것이라고 생각했다. 그렇지 않아도 어머니가 제일 걱정이 돼서 모셔오려고 했는데 그녀들의 그런 마음 씀씀이가 정말 고마웠다. 그는 아직도 울고 있는 소진진을 떼어내고 미령에게 달려가 큰절을 올렸다.

"어머니, 별고 없으셨습니까?"

용비를 굽어보는 미령의 눈이 마구 흔들렸다. 그리고 소르르 눈물이 고여들었다.

그때 뒤따라온 낙혼과 요조도 용비 뒤에 무릎을 꿇고 미령에게 절을 했다.

그러나 미령은 갑자기 홱 돌아서 별채로 들어가며 냉랭하게 말했다.

"어미 얼굴을 잊지는 않았구나?"

한정의 수완은 혀를 내두를 정도였다. 그녀는 한나절 만에 점포와 별채에 필요한 물건들을 외상으로 사들여서 어디에 내놓아도 꿀리지 않을 정도로 멋들어진 운송전문업체로 탈바꿈시켰다.

뿐만 아니라 천붕양행이라는 현판을 보고 찾아온 두 명의 상인과 운송 거래까지 성사시켰다.

용화상단 상인들이 내건 조건은 세 가지였다. 빠른 배가 있을 것과 자신들이 인정하는 든든한 호위무사가 있어야 하는 것. 그리고 화물을 제남까지 무사히 운송해 주는 것이었다.

그들은 이미 몇 군데 운송업체를 거쳤지만 다 퇴짜를 놓고

서 천붕양행까지 왔다고 한다.

그들이 거쳐 온 운송업체의 호위무사들이 무술시범을 보여주는 것이 미덥지 않아서 거래하지 않았다는 것이다.

한정은 두 상인을 넓은 마당으로 데리고 나온 후에 수진랑을 불러서 자신과 그녀의 무술 실력을 보여주었다.

천추문의 두 번째 실력자와 소문주의 무술 시범을 본 두 상인은 두말할 것 없이 그 자리에서 거래를 승낙했다.

용화상단이 의뢰한 물건의 양은 많지 않았다. 커다란 쇠 상자 이십 개가 전부였다.

그러나 쇠 상자 하나의 무게가 자그마치 삼십 관이나 나갔다. 그렇더라도 천붕호에 너끈히 실을 수 있다.

운송 요금은 은자 오만 냥을 받기로 했다. 현도가 다른 운송업체에 알아본 바에 의하면 이 정도 일거리면 은자 이만오천 냥 정도면 충분하다고 했다. 그런데 용화상단의 상인들은 선뜻 그 두 배를 주겠다는 것이다.

구월 중순의 어느 구름 한 점 없이 맑은 날, 천붕호는 전당강의 물살을 가르며 남관구 포구를 출발했다.

*　　　*　　　*

항주 보벽림 오층 혈풍도대의 거처로 풍운방 고수 한 명이 찾아와서 보고를 했다.

"틀림없느냐?"

혈풍도대 제팔조장 유혼도는 자신의 앞쪽 바닥에 꿇어앉아서 보고하는 풍운방 고수를 굽어보며 쨍한 목소리로 외치듯이 물었다.

"틀림없습니다. 바로 이 여자입니다."

풍운방 고수는 품속에서 전신(傳神:초상화) 한 장을 꺼내서 공손히 내밀었다.

유혼도는 조원에게서 건네받은 전신을 서둘러 펼쳤다. 거기에는 매우 아름다운 소녀의 얼굴이 제법 상세한 필체로 그려져 있었다.

"이 계집이?"

유혼도는 전신 속의 소녀를 오늘 이른 아침에 천추문에서 본 적이 있었다.

유혼도가 용비에 대해서 조사하고 또 수색해 달라고 천추문주에게 요구하는 자리에 그녀도 함께 있었다.

천추문주는 그녀를 자신의 딸이라고 소개했었다. 전신의 그림은 완벽하지는 않았지만 유혼도가 봤던 천추문 소문주와 많이 닮았다.

"이 계집이 용비의 어미를 데리고 갔다는 말이지?"

"그렇습니다. 그래서 제가 미행을 했습니다."

풍운방 고수는 의기양양하게 대답했다.

한정이 용비네 집에서 죽인 장한은 풍운방 고수였으며, 사실 그들은 두 명이었다.

그중 한 명이 망을 보고 있었으며, 다른 한 명이 미령을 끌고 가려다가 한정에게 당했던 것이다.

이후 망을 보던 자가 한정 일행을 미행했다가 돌아와서 지금 유혼도에게 보고하고 있는 것이다.

"그녀는 용비의 어미와 몇몇 떨거지들을 이끌고 남관구 포구의 어느 점포로 들어갔습니다."

"그곳에 용비라는 놈이 있더냐?"

"보지 못했습니다."

유혼도는 슬쩍 미간을 좁혔다.

"그 계집이 그곳에서 무엇을 하더냐?"

"가재도구와 집기, 분재 따위를 사서 점포를 꾸미고 있었습니다. 마치 개업을 준비하는 것 같았습니다."

"개업?"

"나중에 그 점포에 '천붕양행' 이라는 현판이 걸렸습니다."

유혼도의 미간이 잔뜩 좁혀졌다.

"그 계집이 용비 어미를 데려간 게 언제였느냐?"

"그러니까 아침 사시(巳時:10시)쯤이었습니다."

"그동안 너는 무얼 했느냐?"

"저는 그곳에서 줄곧 그녀들을 감시하면서 혹시 용비가 오지 않을까 하고 기다렸습니다. 이후 제가 남관구를 떠났을 때가 신시(申時:오후 4시) 무렵이었습니다."

"지금이 술시(밤 8시)가 넘었는데 신시부터 지금까지 무얼 했느냐?"

풍운방 고수는 유혼도가 손에 쥐고 있는 전신을 가리켰다.

"성내 화방에서 그걸 작성하느라… 이왕이면 확실하게 하는 게 좋을 것 같아서……."

그의 얼굴에 자랑스러워하는 표정이 흐릿하게 떠올랐다.

"이런 병신 같은 놈!"

유혼도는 벌떡 일어나 풍운방 고수의 가슴을 걷어찼다.

퍽!

"끅!"

풍운방 고수는 뒤로 붕 날아가서 벽에 모질게 부딪혔다가 바닥에 나뒹굴었다.

그는 몸을 부들부들 떨더니 눈을 허옇게 까뒤집은 채 숨이 끊어졌다. 즉사였다.

풍운방 고수는 좀 더 확실하게 하느라 시간을 너무 낭비했다. 그는 소문주에 대해서 알게 되었을 때 즉시 달려와서 알렸어야만 했다.

만약 일이 잘못된다면 그가 시간을 지체했기 때문이다. 그래서 분을 참지 못한 유혼도가 상 대신에 벌을 내려 그를 죽여 버린 것이다.

자꾸 불길한 예감이 들어서 마음이 조급해진 유혼도는 곧장 문으로 향하며 낮게 외쳤다.

"남관구 포구로 가자."

반 시진 후, 유혼도가 이끄는 혈풍도대는 남관구 포구의 천붕양행에 도착했다.

그들은 굳게 닫혀 있는 천붕양행 점포의 문을 부수고 안으로 들어갔으나 아무도 없었다. 점포와 별채, 창고 어디에서도 용비와 용비 모친, 그리고 천추문 소문주를 발견하지 못했다.

남관구 포구는 해시(밤 10시)가 가까운 시각인데도 곳곳에 불야성처럼 불을 환하게 밝혀놓고 많은 사람들이 분주하게 일하고 있었다.

유혼도는 수하들과 천붕양행 주변을 샅샅이 탐문한 결과 몇 가지 사실을 알아냈다.

천붕양행이 오늘 정오 무렵에 개업했다는 것.

천추문 소문주 한정이 마치 천붕양행의 행주인 것처럼 행세했다는 것. 물론 포구의 사람들은 그녀가 천추문 소문주라는 사실을 모르고 있다.

오늘 오후에 첫 일거리가 들어와서 배에 물건을 싣고 경시(庚時:오후 5시) 무렵에 출발했다는 것.

약 십여 명의 남녀가 천붕양행에서 나와 배로 향했다는 것 등이었다.

그들 남녀 중에 용비가 있었는지는 확인되지 않았으나 소문주 한정이 있었던 것은 분명했다.

그녀가 천붕양행의 개업을 진두지휘했으며, 또한 워낙 뛰어난 미모를 지녔기에 그녀를 한 번 본 사람들의 기억에 남아 있었다.

유혼도에게 보고하고 나서 죽은 풍운방 고수의 말에 의하면 소문주 일행은 모두 다섯 명이었는데, 이곳에서 탐문한 결과 알아낸 그들의 수는 십여 명이라고 한다.

다섯 명이 더 늘었다. 그래서 유혼도는 새로 합세한 다섯 명 중에 용비가 있었을 것이라고 확신했다.

유혼도와 혈풍도수들은 얼마 전까지 천붕호가 정박해 있었던 운송선 구역 목교 끝에 늘어서서 어둠이 자욱하게 내려앉은 전당강을 응시했다.

소문주 일행이 물건을 싣고 출발한 배의 이름은 끝내 알아내지 못했다. 주위 사람들이 거기까지는 신경을 쓰지 않은 것 같았다.

또한 소문주 일행의 행선지가 어디인지, 그리고 언제 돌아오는지도 알지 못한다.

　그러므로 추격할 수도 없다. 지금으로선 그들이 돌아올 때까지 기다리는 방법뿐이다.

　그러나 한시가 급한 유혼도는 다른 방법을 생각해 냈다. 천추문주가 뭔가 알고 있을 것이므로 그를 족치는 것이다.

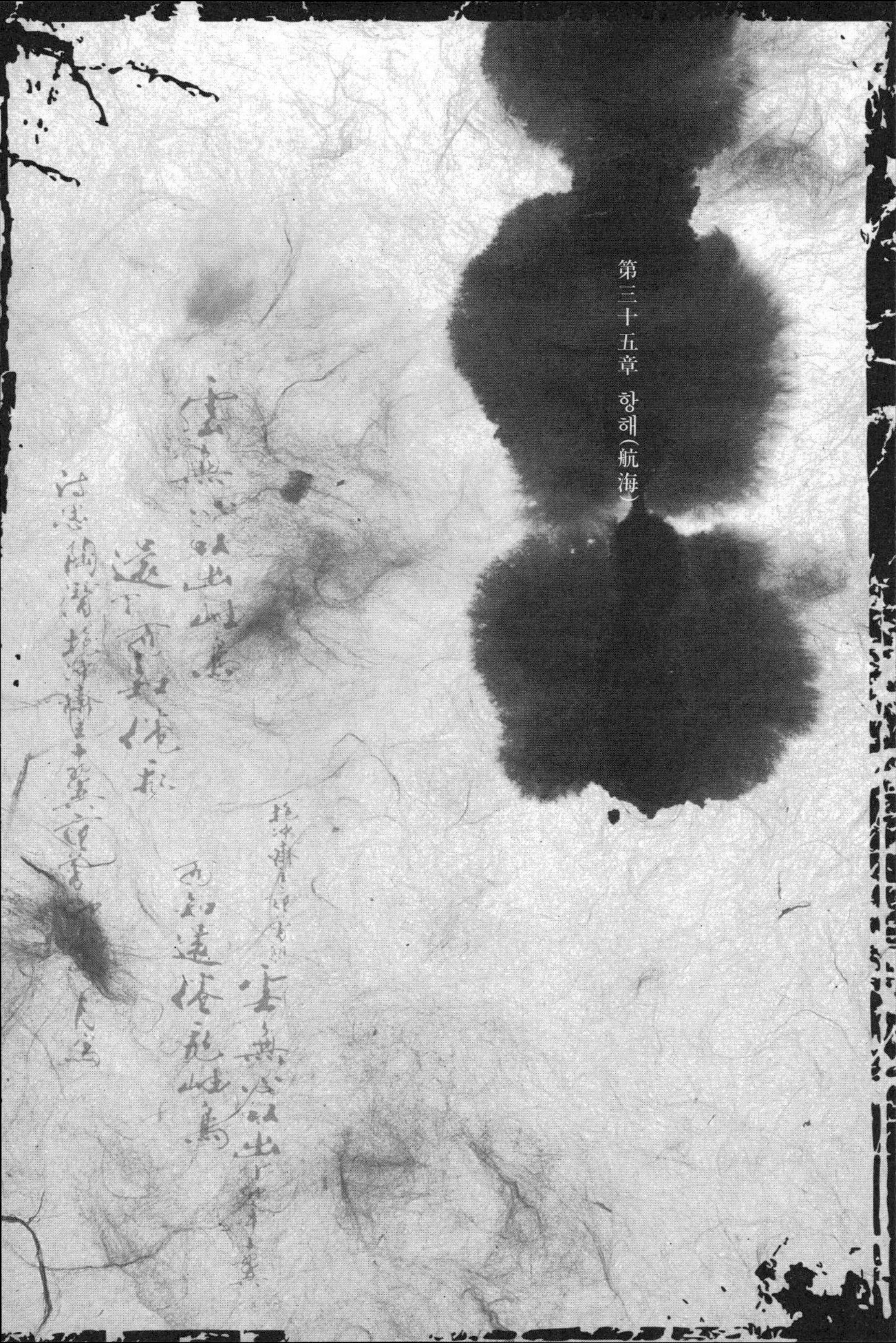
第三十五章 항해(航海)

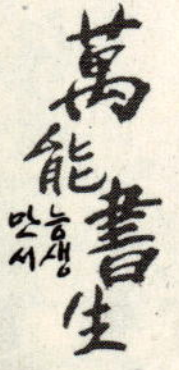

유혼도는 서둘지 않았다. 이럴 때일수록 서둘다가는 일을 망칠 수도 있다는 것을 경험으로 잘 알고 있었다.

그는 우선 신룡보로 갔다. 목적지는 천추문이지만 뜻한 바를 성취하기 위해서 신룡보주를 조력자로 선택했다.

풍운방을 끌어들이지 않은 이유는 풍운방이 절대십천 항주 분타라는 사실을 아직은 비밀로 해둬야 할 것 같아서다.

또한 풍운방은 너무 먼 곳에 있다. 유혼도는 오늘 밤에 조력자가 필요하다. 그래서 같은 항주 성내에 있는 신룡보를 이용하기로 했다.

유혼도는 신룡보주에게 별다른 말을 하지는 않았다. 단지 신룡보의 힘을 잠시 빌려달라는 부탁만 했다.

혈풍도대가 아무리 절대십천 소속이라고 해도 이곳은 항주다. 즉, 천추문의 앞마당인 것이다.

만약 일이 잘못되어 천추문주가 반발을 하면 유혼도와 일곱 명의 혈풍도수로는 천추문을 감당할 수가 없다. 그래서 신룡보가 필요한 것이다.

유혼도가 수하들과 신룡보주와 함께 천추문을 전격적으로 방문한, 아니, 쳐들어간 시각은 자정이 조금 지나서였다.

신룡보주의 딸 흑룡가인 반아미도 따라왔다. 그녀는 부친의 대외적인 용무에는 어디든지 동행한다.

천추문주 천추쌍협 한성림은 막 잠자리에 들려다가 유혼도를 비롯한 혈풍도수들, 그리고 신룡보주의 방문 소식을 듣고는 적잖이 놀라 서둘러 옷을 갈아입었다.

아들 한무군과 함께 접객실로 향하는 한성림은 천추호위대 대장 뇌웅을 불러서 몇 가지 지시를 내렸다.

즉, 천추호위대가 접객실 주변을 엄밀하게 봉쇄하고, 아울러 일, 이, 삼대제자들을 모두 깨워서 만약의 사태에 대비하라는 것이다.

한성림은 유혼도가 혈풍도대와 신룡보주까지 이끌고 자정

이 다 된 시각에 들이닥친 것을 심상치 않게 여겼다.

그는 별별 생각이 다 들었으나 결론적으로 한 가지 추측에 이르렀다.

한정과 용비의 관계가 혈풍도대에게 발각됐을지도 모른다는 것이다. 그럴 가능성이 가장 컸다.

접객실로 들어선 한성림과 한무군은 움찔했다. 유혼도를 비롯한 혈풍도대 여덟 명과 신룡보주, 흑룡가인 반아미까지 도합 열 명이 모두 죽 늘어서 있었기 때문이다. 그런 모습은 매우 위압적이며 일부러 연출한 것 같았다.

반면에 단 두 명인 한성림과 한무군은 상대적으로 억압받는 느낌이 들었다.

"야심한 시각에 무슨 일로……."

"소문주는 어디에 있소?"

한성림이 포권을 하면서 말을 꺼내려는데 유혼도가 다짜고짜 말을 자르며 물었다.

순간 한성림은 흠칫했다. 자신의 불길한 추측이 들어맞았다고 직감한 것이다.

"그 아이는 자고 있소만, 무슨 일로 딸아이를 찾는 것이오?"

"소문주를 불러오시오."

유혼도는 한성림의 물음에는 대답하지 않고 거침없이 요구, 아니, 명령했다.

한성림은 난감했다. 어제 이른 아침에 수진랑과 나간 한정을 어디에서 불러온다는 말인가.

유혼도는 뭔가 알고 찾아와서 한정을 불러오라고 요구하는 것이 분명했다.

"불러올 수 없다는 것을 알고 있소."

유혼도는 묘한 미소를 머금었다.

"지금 소문주는 용비하고 함께 있기 때문이오."

아무리 수양이 깊은 한성림이라고 해도 유혼도가 정곡을 찌르자 흠칫 가볍게 표정이 변했다.

그리고 그 옆에 서 있는 한무군의 표정은 눈에 띌 정도로 많이 변했다.

유혼도는 두 사람의 표정이 변하는 것을 놓치지 않았다. 그래서 소문주가 용비와 깊은 연관이 있다는 확신이 더욱 짙어졌다.

"그게… 무슨 말이오?"

한성림은 반박을 해야 한다고 생각하면서도 적당한 변명거리가 떠오르지 않았다.

"지금 소문주를 이 자리에 불러온다면 내가 문주에게 큰절과 함께 무례를 사죄하고 조용히 물러가겠소."

그렇다고 해도 도대체 있지도 않은 한정을 어떻게 불러온다는 말인가. 다 알고서 핍박하는 유혼도 앞에서 한성림은 속수무책이었다.

'용비와 천추문 소문주가 함께 있다고?'

여기 또 한 사람, 놀라고 있는 여자가 있다. 다름 아닌 반아미다. 그녀는 방금 유혼도의 말을 듣고 번쩍 떠오르는 것이 있었다.

그녀는 용비와의 비무에서 패한 후에 중상을 입었다가 그에게 치료를 받고 회생했었다.

이후 짧은 시간 동안 그의 종을 자처하여 함께 지내면서 그의 주위에 있는 사람들을 알게 됐다.

그때 반아미는 용비와 같은 방에서 생활하면서 그의 그림자처럼 행동하는 한 소녀를 눈여겨봤다.

처음 보는 소녀였으나 매우 아름다운 미모라서 기억에 남았다. 그런데 이제 보니까 그녀가 바로 천추문 소문주인 것 같았다.

"그만 돌아가시오."

잠시 시간이 흐른 후에 한성림이 굳은 표정으로 묵직하게 입을 열었다.

한정이 없는 것에 대해서 변명을 해도 통하지 않을 것이라고 판단한 그는 결국 강수를 선택했다.

유혼도는 한성림이 완전히 궁지에 몰렸다고 판단했다.

"소문주를 보기 전에는 돌아가지 않겠소."

한성림은 똑바로 유혼도를 주시했다.

"지금 내 집에서 억지를 부리겠다는 것이오?"

"억지?"

"당신은 자정이 넘은 시각에 내 집에 찾아와서 자고 있는 딸아이를 불러오라고 협박할 만큼 나를 우습게 여기고 있는 것이오?"

유혼도는 어? 하는 표정을 지었다. 한성림이 예상하지 못했던 방향으로 나가고 있기 때문이다.

과연 유혼도의 행동은 무례하기 짝이 없다. 하지만 절대십천이라는 무소불위의 권력 앞에서는 무례함도 정당함으로 변한다.

지금 유혼도는 절대십천의 대변자다. 그리고 한성림의 태도는 명백하게 절대십천을 무시하고 있다.

"다시 한 번 말하겠소. 소문주를 불러……."

"백 번을 말해도 소용없소. 썩 물러가시오."

한성림의 언성이 높아지고 또 강경해졌다. 그로서는 이렇게 하는 것 말고는 달리 방법이 없다.

한정이 천추문에 없다는 것을 인정하는 것은 그녀가 용비와 함께 있다는 사실을 인정하는 것이다.

그리고 그것은 그녀가 용비와 깊은 연관이 있음을 인정하는 결과를 낳는다.

용비가 광폭도와 건곤풍의 죽음에 깊이 개입되어 있으며, 절대십천이 만절기황을 찾고 있는 것이 분명한 상태에서 용비는 태풍의 눈이나 다름없는 몸이다.

그러므로 지금은 유혼도가 무례를 범했다는 식으로 유야무야 덮어두는 것이 상책이다.

한성림으로선 무슨 수를 써서라도 한정이 용비와 연관이 있다는 사실을 부정해야만 하는 입장이다.

"후회하지 않을 자신 있소?"

유혼도는 입술을 묘하게 비틀면서 미소 지었다.

한성림은 입을 다물었다. 그리고 시선을 약간 틀어서 유혼도 우측 뒤쪽에 우뚝 서 있는 신룡보주를 쳐다보았다.

아주 잠깐이지만 신룡보주의 얼굴에 씁쓸한 표정이 떠올랐다가 사라졌다.

유혼도가 한성림을 위협하러 온 자리에 자신이 함께 왔기 때문이다.

이런 상황일지도 모른다고 짐작은 했으나 막상 이렇게 되고 보니까 신룡보주는 마음이 편하지 않았다.

신룡보는 항주의 패권을 놓고 천추문과 다투는 용호상박의 입장이다.

하지만 절대십천이라는 거대한 존재 앞에서는 이렇게밖에 할 수 없다.

절대십천의 시각으로 볼 때 천추문이나 신룡보는 천하 한 귀퉁이에서 도토리 키 재기 하는 고만고만한 방, 문파로 보일 것이다.

즉, 절대십천의 말 한마디면 천추문이나 신룡보는 흔적도 없이 사라질 수 있다. 지금 한성림은 그런 위험한 행동을 하고 있는 것이다.

유혼도는 마지막으로 할 말을 잊지 않았다.

"내일 아침에 다시 찾아왔을 때 소문주가 있기를 바라겠소."

＊　　　＊　　　＊

천붕호가 남관구 포구를 출발한 지 이틀째. 항해는 더없이 순조로웠다.

하늘에는 간간이 흰 조각구름이 떠 있고, 물결은 호수처럼 잔잔한 초가을의 전형적인 날씨였다.

천붕호는 두 개의 돛을 활짝 펴고 때마침 불어오는 남풍을 한껏 받아 나는 듯이 수면을 가르고 있다.

중상을 당했던 마강은 용비의 정성 어린 치료를 받고 거동

할 수 있을 정도가 되었다.

용화상단의 두 상인은 낮에는 갑판을 산책하거나 책을 읽고, 밤에는 선실에서 지연화와 소진진이 만들어준 요리와 술을 먹고 마시면서 신선처럼 지내고 있었다.

상인들이 염려하던 해적들도 나타나지 않았고, 풍랑도 일지 않는 평안한 항해였다.

용비는 천붕호에 타고 있기는 하지만 그의 모습은 어디에서도 보이지 않았다. 그는 현재 만절사신도의 호신도 안에 들어가 있기 때문이다.

그는 천붕호가 남관구 포구를 출발하여 바다로 나와서 다음 날 항로를 북쪽으로 잡자 모든 것을 한정에게 맡기고 호신도 그림 속으로 들어갔다.

예전에 처음 호신도 속으로 들어갔었을 때는 용비 혼자였으나 이번에는 한정과 수진랑이 지켜보고 있는 가운데 그림 속으로 빨려들 듯이 사라졌다.

한정과 수진랑은 그 광경을 눈으로 봤으면서도 믿어지지 않아서 한동안 호신도를 지켜보기만 했다.

호신도에 들어간 용비는 대신과 오랜만에 해후하여 서로 얼싸안고 뒹굴면서 기쁨을 나누더니 오래지 않아서 무공 연마에 돌입했다.

그가 호신도에 다시 들어간 이유는 일전에 대신이 그러라고 시켰기 때문이다.

지난번에 그가 호신도에서 나오기 전에 대신은 교감을 통해서 그에게 나중에 다시 한 번 들어오라고 일렀었다.

만절사신도 세 장의 그림은 그림통에 넣은 상태에서 한정이 보관하고 있으며, 호신도는 다른 그림통에 넣어서 수진랑이 품속에 보관하고 있다.

이 중에서 수진랑의 무공이 가장 고강하기 때문에 그녀가 지키려는 것이다.

한정은 하루의 대부분을 선창에서 보냈다. 현도와 낙혼, 요조, 설매, 대도, 그리고 마강 등에게 무술을 가르치기 위해서다.

용비는 호신도에 들어가기 전에 그들에게 천추문의 무술을 가르쳐 주라고 한정에게 부탁했다.

물론 거기에 마강은 포함되지 않았으나 모두 하루 종일 무술 수련에 열중하는 것을 본 마강이 자기도 배우게 해달라고 애원했다.

무공은 한정보다 수진랑이 훨씬 더 고강하다. 그렇다고 해서 더 잘 가르치는 것은 아니다. 무공이 고강한 것과 가르치는 재주는 별개다. 무엇인가를 가르치는 데에는 한정이 발군의 실력을 지니고 있었다.

　현도와 낙혼, 요조는 무술의 필요성에 대해서는 오래전부터 절실하게 느끼고 있었으나 간절한 마음뿐이었다.

　그들처럼 밑바닥 인생이 무술을 배울 만한 곳은 성내의 무도관뿐인데 월사금이 그들의 수입보다 서너 배는 더 많아서 엄두조차 내지 못했다.

　그들이 죽을 때까지 살면서 언제 한정 같은 정통파 고수에게 무술을 배워볼 기회가 생기겠는가.

　그래서 그들은 죽기 살기로 무술 수련에 매달렸다. 뜻이 있는 곳에 길이 있으며, 필사적인 노력에는 마땅한 결실이 따르는 법이다.

　원래 항주 바닥에서 내로라하는 싸움꾼이었던 그들인지라 하루가 다르게 실력이 늘어갔다.

＊　　　＊　　　＊

　쌍월채(雙月寨)는 절강성 북부 지역인 전당강 하구에서 강소성 남부 지역인 장강 하구까지의 바다를 세력권으로 삼고 있는 해적단 중에서 규모가 제일 크다.

　전당강 하구 남쪽에서 흘러드는 또 다른 강인 조아강(曹娥江) 상류의 천태산(天台山) 깊숙한 곳 어딘가에 본거지가 있다고 하는데, 지금까지 단 한 번도 관병(官兵)의 토벌을 당한 적이 없었다.

운이 좋아서가 아니라 조아강이 워낙 급류라서 대규모 관병이 배로 오를 수가 없으며, 천태산 또한 계곡과 봉우리가 많아 험준하기 이를 데 없어서 관병이 접근하는 것이 불가능하기 때문이다.

쌍월채는 세 척의 해적선을 지니고 있으며 그중 가장 크고 빠른 배에는 핏빛 쌍월기(雙月旗)가 펄럭이고 있다. 바로 쌍월채주가 직접 지휘하는 해적선으로 쌍월두선(雙月頭船)이라고 부른다.

이 시절 중원의 동해는 해적선들이 창궐했다. 손쉽게 거금을 손에 쥘 수 있는 방법으로 해적질보다 나은 것이 없기 때문이다.

예를 들어 쌍월채 정도 대규모 해적단이 해외 교역선 한 척을 털면 몇 달 동안 해적질을 하지 않고서도 배불리, 그리고 떵떵거리면서 지낼 수가 있다.

해적질의 목적은 부의 축적 같은 것이 아니다. 그저 배부르고 등 따뜻하면 그만이다.

그래서 한 탕 크게 하면 쉬고 먹을 것이 떨어지면 다시 해적질을 하는 일의 반복이다.

크게 한 탕의 꿀맛을 한 번 맛본 해적들은 죽을 때까지 해적질을 끊을 수 없는 것이다.

그런데 어제부터 쌍월채주가 직접 지휘하는 쌍월두선은 하릴없이 빈 바다만 오가는 중이다.

현재 해적 소탕령이 떨어져서 온 바다에 수군 토벌선들이 깔려 있는 탓이다.

가는 날이 장날이라고, 웬만해선 해적질을 하러 나오지 않는 쌍월채주가 큰맘 먹고 쌍월두선을 끌고 나온 날에 하필이면 수군의 해적 소탕령이 떨어진 것이다.

해적질을 하다가 운 나쁘게 수군 토벌선에 걸리는 날이면 꼼짝없이 당할 수밖에 없다.

수군 토벌선은 해적선보다 최소한 대여섯 배 이상 더 크고 또 속력도 두 배 이상 빠르다.

뿐인가. 대포로 무장하고 있기 때문에 사정거리 안에 들었다가는 포탄 몇 발에 침몰당하여 수백 명의 해적이 물고기 밥이 될 수밖에 없는 것이다.

그러므로 해적질하다가 수군 토벌선에 발각되면 그날이 제삿날이라고 해도 과언이 아니다.

그래서 쌍월두선은 값비싼 교역품들을 가득 실은 것이 분명한 해외 교역선들을 몇 차례나 지척에서 스치듯 지나치면서도 근처에 수군 토벌선이 있어서 군침만 흘릴 수밖에 없었다.

쌍월두선은 겉으로는 평범한 상선처럼 보인다. 그렇지만

일단 먹잇감을 발견하면 세 개의 돛을 모두 펼치고 또 핏빛 쌍월깃발을 올려서 한껏 펄럭이며 전속력으로 질주하며 본성을 드러낸다.

쌍월채주 적발귀(赤髮鬼)는 쌍월두선의 앞쪽 갑판 선두에 자리를 잡고 앉아서 술만 퍼마시고 있다. 그리고 쌍월두선은 본거지가 있는 조아강 상류 천태산을 향해 남쪽으로 항해하고 있는 중이다.

"채주, 킬킬킬. 저건 너무 작죠?"

함께 술을 마시고 있던 부채주 두광(杜토)이 바다를 가리키며 가소롭다는 듯 키득거렸다.

적발귀는 두광이 가리키는 곳을 취기 오른 벌건 눈으로 내려다보았다.

전방 이백여 장쯤 거리에서 한 척의 배가 나는 듯이 마주 다가오고 있는 것이 보였다.

적발귀는 게슴츠레한 눈으로 쳐다보다가 부스스 일어서며 중얼거렸다.

"수군 토벌선이 근처에 있느냐?"

부채주가 망루에 대고 큰 소리로 수군 토벌선의 존재를 물었고, 망루에서는 삼십여 리 이내에서는 보이지 않는다고 대답해 주었다.

적발귀의 시선 끝에 작은 배의 뒤쪽 갑판에 수북하게 쌓여 있는 화물이 보였다.

커다란 장막으로 뒤덮여 있어서 무엇인지 알 수는 없지만, 오랜 해적 생활로 귀신이 다 된 적발귀의 코에는 돈 냄새가 맡아졌다.

물론 해외 교역선하고 비교할 정도는 아닐 것이다. 기껏해야 은자 수십만 냥 어치 이상을 넘지 못할 터이다.

그렇더라도 이틀 동안 연속 공치는 것보다는 낫다고 적발귀는 생각했다.

또한 삼십여 리 이내에 수군 토벌선이 보이지 않는다면 이거야말로 땅 짚고 헤엄치기다. 저런 작은 배는 호위무사도 없을 테니까 순식간에 해치우고 남쪽으로 줄행랑을 치면 될 일이다.

적발귀는 자신이 직접 해적질을 나왔는데 이틀 동안 공치고 귀환해야 한다는 허탈감에서 벗어나게 해준 작은 배가 너무 고마웠다.

"설마 저 코딱지만 한 걸 털 생각입니까, 채주?"

부채주 두광은 두툼한 손가락으로 코를 후비면서 어이없다는 표정을 지었다.

적발귀는 술을 마시려고 잠시 벗어둔 자신의 무기 쌍도끼(雙斧)를 집어 들었다.

"우라질. 코딱지라도 털지 않으면 쌍월채주의 명예가 측간에 곤두박질치게 생겼다."

　청명한 하늘 아래에 절강성 북부 지역과 강소성 남부 지역 앞바다에서 규모와 세력이 가장 큰 쌍월채의 지휘선 쌍월두선이 돛을 모두 내리고 바다에 뜬 채 물결에 따라서 이리저리 흔들리고 있다.

　그리고 앞쪽 갑판에는 쌍월채주 적발귀와 부채주 두광을 비롯한 쌍월두선의 해적 사십오 명이 네 줄로 나란히 무릎을 꿇고 있다.

　아니, 적발귀와 이십여 명의 해적들은 무릎을 꿇을 형편이 되지 못했다.

　그들은 팔다리와 갈비뼈, 어깨뼈가 부러져서 무릎을 꿇지 못하고 퍼질러 앉아 있거나 누워 있을 수밖에 없는 처지이기 때문이다.

　일각 전에 적발귀가 이끄는 해적들은 코딱지만 한 배를 기세 좋게 덮쳤다. 그런데 그 배가 하필이면 천붕호였다.

　그들을 기다리고 있는 것은 두 명의 놀라운 여고수 한정과 수진랑이었다.

　그녀들은 검도 뽑지 않은 상태에서 권각술로만 해적들을 닥치는 대로 때려눕혔다.

　적발귀는 신바람이 나서 가장 먼저 천붕호로 뛰어내렸다

가 가장 먼저 뻗어버렸다.

수진랑은 천붕호로 뛰어내린 해적 열 명을 때려눕히고서도 성이 차지 않았는지 쌍월두선으로 뛰어올라 나머지 해적들까지 타작했다.

그나마 이십오륙 명의 해적은 털끝 하나 다치지 않았으니까 운이 좋은 편이다.

그들은 자신들 같은 해적 천 명이 있어도 한정과 수진랑의 상대가 되지 못할 것이라고 판단하여 즉시 무릎을 꿇고 항복을 선언했다.

천붕양행에 운송을 맡긴 용화상단의 두 상인은 한정과 수진랑이 교역선 사이에서 악명이 자자한 쌍월채 해적선을 순식간에 제압하자 감탄을 거듭했다.

앉아 있는 쌍월채 해적들 앞쪽에는 한정과 수진랑, 그리고 낙혼과 요조가 버티고 서 있다.

"저기 수군이다."

그때 요조가 저 먼 곳을 가리켰다. 쌍월두선보다 대여섯 배는 더 거대한 함선(艦船) 한 척이 물살을 가르면서 이쪽으로 다가오고 있었다.

"잘됐다. 이놈들을 수군에게 넘기자."

낙혼이 대수롭지 않은 듯 손을 털면서 말했다.

그러자 해적들의 얼굴이 사색으로 변했다. 해적이 수군에게 넘겨질 경우 두말할 것도 없이 모조리 참수형이다. 육지로 끌고 가지도 않고 배에서 목을 베어 시체를 바다에 던져 버리는 것이다.

"이것 봐라! 여자!"

그때 적발귀가 수진랑과 한정을 쳐다보며 우렁우렁한 목소리로 낮게 외쳤다.

두 소녀가 쳐다보자 적발귀는 잡아먹을 듯 험상궂은 표정을 지었다.

"꼭 이럴 필요가 있느냐?"

두억시니처럼 큰 체구에 우락부락한 용모, 붉은 장발에 붉은 눈썹과 붉은 수염 때문에 적발귀라고 불리는 그는 두 소녀에게 사정할 입장이면서도 마치 빚 받으러 온 것처럼 딱딱거렸고 말버릇은 형편없었다.

"네놈들을 수군에게 넘기지 말아야 하는 이유를 한 가지만 말해봐라."

수진랑이 얼굴 앞에 세운 칼날을 한층 더 예리하게 빛내면서 쏘아보자 적발귀는 약간 움찔했다.

그는 지금까지 날고 기는 많은 사람들을 만나봤지만 얼굴 앞에 칼날을 세우는 기도를 뿜어내는 사람, 그것도 여자를 본 적은 없었다.

하지만 적발귀가 더 두려워하는 것은 그녀의 무공이다. 조금 전에 그는 쌍도끼를 휘둘러 보지도 못하고 그녀에게 단 두 대 맞고 다리뼈와 어깨뼈가 부러지고 말았다.

적발귀는 표정을 약간 누그러뜨리며 뇌까렸다.

"우린 배가 고팠을 뿐이다."

"그래서 해적질을 하고 무고한 사람들을 죽였느냐?"

"우린 아무도 죽이지 않았다. 물건만 뺏었다."

악명 높은 쌍월채가 해적질을 하면서 사람을 죽이지 않았다는 것은 전혀 뜻밖의 말이다.

적발귀 주위의 해적들이 맞는 말이라면서 고개를 끄덕였다.

요조는 쌍월두선 옆에 붙어 있는 천붕호를 내려다보면서 용화상단의 두 상인에게 적발귀의 말을 확인해 보았다. 그랬더니 두 상인은 쌍월채가 사람을 죽이거나 배에 불을 지른 적은 한 번도 없다고 설명했다.

"다 먹고살자고 하는 짓인데 사람을 죽이거나 배를 불태우면 되겠느냐?"

적발귀는 당연하다는 듯이 말했다.

수진랑은 적발귀가 목숨을 구걸하는 놈치고 되게 뻣뻣하고 또 당당하다는 생각이 들었다.

그런데 그때 용화상단의 상인이 초조한 표정으로 한정과 수진랑을 불렀다.

수진랑이 천붕호에 내려가서 두 사람이 하는 말을 듣고 나서 잠시 후에 다시 쌍월두선으로 올라왔다.

그녀는 성큼성큼 걸어가서 적발귀 앞에 뚝 멈추고 그를 내려다보았다.

"너, 살려달라는 놈이 말을 그따위밖에 못하느냐?"

"천성이 그렇다."

수진랑이 오른손을 번쩍 쳐들자 적발귀는 한 대 맞을 줄 알고 반사적으로 움찔했다.

그러나 수진랑은 적발귀의 머리를 마치 어린아이처럼 쓰다듬으며 껄껄 웃었다.

"하하하! 너 마음에 들었다."

수진랑은 돌아서며 씩씩하게 말했다.

"가자."

그녀가 한정 등과 함께 난간가로 걸어가자 적발귀가 부루퉁한 목소리로 물었다.

"여자, 이름을 알려다오."

수진랑은 뒤돌아보며 엷은 미소를 지었다.

"수진랑이다."

그때 제법 식견깨나 있는 부채주 두광이 부러진 팔을 감싸쥔 채 놀란 얼굴로 적발귀에게 속삭였다.

"거… 검귀입니다요."

“검귀?”

“항주 최고의 여검객 검귀 소문도 못 들었습니까?”

“저 여자가 그 검귀냐?”

“그… 런 것 같습니다.”

그 말을 다 듣고 있던 수진랑은 엷은 미소를 지으며 낙혼과 요조의 팔을 양쪽으로 잡고 천붕호로 뛰어내리려고 했다.

“검귀 누님!”

그때 뒤에서 우렁우렁한 목소리가 울렸다.

뒤돌아보니 적발귀와 모든 해적이 수진랑을 향해 상체를 굽혀 이마를 바닥에 대고 있었다.

적발귀 혼자 고개를 들고 수진랑을 쳐다보며 진심 어린 표정으로 말했다.

“누님으로 모시겠습니다! 언제든지 불러만 주십시오!”

하지만 그의 진심 어린 표정은 우락부락한 얼굴을 더 험상 궂게 일그러뜨리는 것이다.

그는 예절을 모르지 않았다. 마음으로 인정하는 사람에게만 예절을 갖추는 꼴통이었다.

하지만 삼십대 중반의 그가 십팔 세의 수진랑을 누님이라고 부르는 것은 좀 지나쳤다.

수진랑이 대꾸도 하지 않고 아래로 뛰어내리자 한정도 뒤를 따랐다.

"서둘러라!"

부채주 두광이 일어나서 해적들을 독려했다. 수군 토벌선이 가까이 다가오기 전에 쌍월두선을 상선으로 변신시켜야 하는 것이다.

용화상단의 두 상인은 수군 토벌선이 쌍월두선에게 가까이 다가가는 것을 멀리에서 바라보며 안도의 표정을 지었다.

천붕호는 수군 토벌선으로부터 삼 리 이상 멀리 벗어나서 북상하는 중이다.

"저……."

두 상인은 한정과 수진랑을 보며 매우 곤란한 표정을 지었다. 조금 전에 그들은 수진랑에게 천붕호에 실린 물건을 수군 토벌선에게 들켜서는 안 되니까 빨리 달아나야 한다고 말했었다.

그래서 이제 그 이유를 설명해야 하는데 함부로 발설해서는 안 되는 내용이기에 난감한 것이다.

한정은 갑판에 쌓여 있는 물건을 보면서 대수롭지 않은 듯이 손을 저어 보였다.

"우리는 저게 무엇인지 알 필요가 없어요."

"그렇소?"

두 상인은 반색했다.

"원래 저 정도 화물을 남관구에서 제남까지 운송하면 은자 이만오천 냥 정도를 받아야 하는데 두 분께선 그 두 배인 오만 냥을 주겠다고 약속하셨어요. 이만오천 냥이나 더 주시는 데에는 여러 이유가 있겠지만 화물이 무엇인지 알려고 하지 말라는 것도 포함되지 않았나요?"

"그… 렇소."

"또한 해적은 물론 수군 토벌선에게도 걸리지 않아야 한다는 것도 포함되었겠지요?"

"말씀대로요."

두 상인은 힘차게 고개를 끄덕였다.

한정은 방긋 미소 지었다.

"그러므로 우린 화물을 안전하게 제남까지 운송하는 임무에 충실할 뿐이에요."

두 상인은 감격한 듯한 표정으로 한정을 바라보다가 정중히 포권을 했다.

"고맙소."

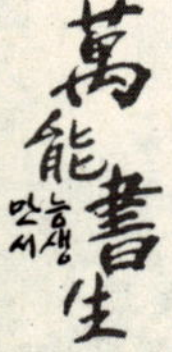

　천붕호는 남관구 포구를 출발한 지 십이 일 만에 제남에 도착했으며, 그곳에서 이틀 동안 체류한 후에 다시 남관구를 향해 남쪽으로 항해를 시작했다.

　원래 배는 설매와 대도의 담당이었으나 이후에는 현도와 낙혼, 마강도 틈나는 대로 배를 몰았다.

　그러면서 다섯 남자는 친해졌으며 날이 갈수록 배를 모는 실력이 제법 그럴싸해졌다.

　그리고 이십 일째 되는 날 밤.

수진랑은 갑판 아래 선창 일층 자신의 방 침상에서 깊은 잠
에 빠져 있었다.

시각은 인시(寅時:새벽 4시). 그녀는 혼자서 무공 연마를 하
다가 잠자리에 든 지 한 시진밖에 안 됐다.

그녀는 하루 평균 두 시진 남짓밖에 잠을 자지 않지만 그것
만으로도 충분했다.

그녀는 천장을 향해 똑바로 누워서 몸을 쭉 펴고 두 팔을
골반에 붙인 자세로 자는데 잠에서 깨어도 잠이 든 자세 그대
로 변함이 없다.

그녀는 용비가 호신도 속으로 들어간 순간부터 호신도가
담긴 그림통을 품속에서 한시도 떼어놓지 않았다. 물론 지금
도 그림통은 그녀의 품속에 고이 들어 있다.

실내는 캄캄하고 실낱같은 창틈 새로 흐릿하게 시린 달빛
이 아주 조금 부서지듯 스며들고 있었다.

스우.

그때 아주 미약한 음향이 들렸다.

수진랑은 이미 잠들었으나 그 소리 때문에 반사적으로 번
쩍 눈을 떴다.

그리고 꼼짝도 하지 않은 상태에서 빠르게 눈동자를 굴려
주위를 살폈다.

하지만 실내에는 아무도 없었다. 방금 들은 음향을 낼 만한

그 무엇도 보이지 않았다.

오른팔을 조금 옆으로 옮겨 늘 그곳에 놔두는 검의 검파를 가만히 잡았다.

스으.

"……!"

또다시 그 음향이 흘렀다. 그런데 음향이 그녀의 품속에서 흘러나오고 있어서 그녀는 흠칫하면서 순간적으로 용비를 떠올렸다.

어쩌면 방금 그 소리가 그가 그림, 즉 호신도에서 나오려고 하는 기척인지도 모른다는 생각이 들었다.

파아.

찌이.

"웃!"

일은 찰나지간에 벌어졌다. 누워 있는 그녀 앞에 느닷없이 하나의 커다랗고 시커먼 물체가 나타나면서 온몸에 묵직한 중량감이 느껴졌다.

그녀는 놀라서 눈을 동그랗게 크게 떴다. 지금 그녀의 눈앞에는 한 사람이 있는데, 바로 용비다. 그녀가 짐작했던 대로 그가 호신도에서 나온 것이다. 짐작과 행동이 거의 동시에 벌어졌다.

호신도는 그림통 속에 담겨 있었고, 또한 수진랑의 품속에 들어 있었다.

그러므로 용비는 그림통을 부수고 그녀의 옷을 찢으면서 현세에 다시 나타난 것이다.

또한 그는 수진랑과 마주 보는 자세로 그녀 몸 위에 엎드린 모습이다. 그림통이 그녀의 품속에 있었으므로 어쩔 수 없는 현상이다.

졸지에 옷이 찢어져 버린 그녀는 젖 가리개 차림이다. 그곳에 용비가 엎드려 있었다.

수진랑은 용비가 느닷없이 나타났다는 사실과 그가 자신의 몸 위에 엎드려서 찍어 누르고 있는 것 때문에 적잖이 당황해서 아무 말도 하지 못하고 눈을 동그랗게 뜬 채 그를 바라보기만 했다.

용비가 딱 이십 일 만에 나타났으면 반가워야 하는데 그보다는 느닷없이 이상한 생각이 들었다.

용비와 처음 만났을 때의 기묘한 상황. 그에게 무공서 해독을 부탁하는 대가로 순결을 주었던 바로 그 상황이 생생하게 되살아난 것이다.

수진랑은 용비의 멋쩍어하는 표정을 보고 그도 자신과 같은 생각을 하고 있다는 것을 깨달았다. 그래서 지금 상황이 더 어색하고 뜨악했다.

그 당시에 그녀는 용비에게 순결을 바치고 나서 천추문 자신의 거처로 돌아와 옷을 갈아입는 과정에 자신의 속곳에 흥건하게 젖어 있는 순결의 상징 새빨간 앵혈(鶯血)을 확인했었다.

그리고 난생 처음 보는 희끗한 액체도 흥건했었다. 그녀는 그것이 용비의 정액일 것이라고 추측했었다. 속곳은 앵혈과 정액 범벅이었다.

그날 밤에 그녀는 자신이 십팔 년 동안 간직해 온 순결을 잃었음을 분명하게 인식했다. 속곳에 묻은 앵혈과 정액, 그리고 옥문의 쓰라림과 사타구니의 뻐근함이 그것을 증명해 주었다.

아니, 굳이 그게 아니더라도 그녀는 용비의 커다란 음경이 자신의 옥문 안으로 거침없이 밀고 들어왔을 때의 느낌을 생생하게 기억하고 있다.

이상한 일이다. 단지 거래일 뿐이라고, 돈이 없어서 대신 순결을 주는 것뿐이라고 간단하게 생각했었는데, 거래가 끝난 후의 기분은 그게 아니었다.

뭐라고 말로는 표현하기 어려웠으나 한 가지 사실만은 분명했다. 용비가 그녀의 첫 남자라는 것이다.

아마 그래서 그녀는 그날 이후에도 용비 주위에서 맴돌았는지 모른다.

"자고 있었어?"

“응.”

　용비는 어색함을 무마하려는 듯 엷은 미소를 지으며 물었고 그보다 더 어색한 수진랑은 짧게 대답했다.

　용비는 그날 밤에 자신이 수진랑의 순결을 제대로 취하지 않았다고 생각했다.

　남녀의 정사에 대해서 잘 모르는, 아니, 문외한인 그는 음경이 여자의 옥문 속으로 단 한 차례 삽입되고 또 그것만으로 사정을 한 것을 정사라고 생각하지 않았다. 정사가 그처럼 간단할 것이라고는 믿지 않았다.

　지금 용비와 수진랑은 약속이나 한 것처럼 똑같이 그날 밤의 일을 떠올리고 있다.

　그래서인지 용비는 자신도 모르게 아랫도리가 묵직해지면서 음경이 단단하게 발기되었다.

　그날 밤의 일을 생각하고 있으면서 또 음경이 수진랑의 그 부위에 밀착되어 있기 때문이기도 했다. 그 현상은 그의 의지하고는 상관없이 일어났다.

　용비는 자신의 단단해진 음경이 수진랑의 그곳을 찌르자 깜짝 놀랐으며, 수진랑도 화들짝 놀랐다.

　그때 문득 용비는 수진랑어 사르르 눈을 내리깔면서 뺨에 은은한 홍조가 피어나는 것을 발견했다.

　'예쁘다……'

평소에 한 번도 그녀를 예쁘다고 생각해 본 적이 없었다. 그런데 지금 그 모습을 보니까 용비는 갑자기 몸이 후끈 뜨거워지면서 심장이 세차게 뛰기 시작했다.

그는 지금 자신이 느끼고 있는 뜨거운 열기가 남자가 여자에게 느끼는 욕정이라는 생각이 들었다.

그러나 만약 그가 예전에 수진랑하고 그런 일이 없었다면 절대로 욕정 따위는 생기지 않았을 것이다.

그는 부정하고 있지만 그의 몸이 그날 밤의 일을 기억하고 있는 것이 분명했다.

이 여자는 내 여자라고 말이다. 그래서 그 여자하고 몸이 포개지자 몸이 반응을 하고 있다. 다시 한 번 그것을 하겠다고 몸이 들끓고 있었다.

"…랑아…… 나……."

그는 그녀의 몸에서 어서 내려와야 한다고 생각하면서도 몸이 말을 듣지 않았다.

뭔가를 하지 않으면 몸이 이대로 터져 버릴 것만 같았다. 욕정에 충실하느냐, 이성에 충실하느냐를 저울질해 볼 여유 같은 것도 없었다.

그리고는 한 술 더 떠서 뜨거운 입김을 토해내며 자신을 어떻게 좀 해달라는 듯한 표정을 지었다.

그때 수진랑이 살며시 눈을 떴다. 그녀의 얼굴 앞에는 예리한 칼날 같은 것은 세워져 있지 않았으며 오히려 풋내 나는 수줍음이 자리하고 있었다.

그녀는 두 팔을 들어 가만히 용비의 등을 안았다. 그리고 다시 눈을 감았다.

용비가 눈을 떴을 때는 늦은 아침이었으며 수진랑은 침상에 없었다. 그는 알몸으로 이불을 덮고 누워 있는 자신을 발견했다.

간밤의 일이 한바탕 폭풍우 같은 꿈을 꾼 것만 같았다. 그의 기억으로는 세 차례나 수진랑과 정사를 나누었다. 누가 가르쳐 준 적도 없는데 그는 어설프게나마 여러 체위로 바꿔가면서 화산처럼 욕정을 터뜨렸었다.

이제는 수진랑하고 정사를 하지 않았다고 절대로 말하지 못하는 상황이 돼버렸다.

심지어 그는 몇 차례나 황홀경에 빠지기까지 했었고 세상에 그런 상상도 하지 못할 절정의 쾌감이 존재한다는 사실을 처음으로 깨달았다.

그러나 이제 돌이켜서 생각해 보니까 그 혼자만 좋았던 것 같았다.

수진랑은 그가 하라는 대로 묵묵히 따르면서 가끔 나직한 신음소리를 낼 뿐 오히려 얼굴을 살짝 찡그리며 괴로워하고 있었던 것 같았다.

'대체 어쩌자고……'

용비는 천장을 바라보면서 자신을 책망했다. 왜 갑자기 걷잡을 수 없는 욕정이 솟구쳤던 것인지 모를 일이다. 아니, 그 정도 욕정은 충분히 제어할 수 있었다. 문제는 그게 아니라 수진랑이다.

그녀하고는 정사를 해도 상관이 없다는 안이한 생각이 들었기 때문이었다.

대체 그 무엇이 용비를 그토록 무기력한 존재로 만든 것일까. 그 정도 욕정에 무너져 버리다니 자신답지 않았다. 그녀를 자신의 여자라고 생각하다니 어이가 없다.

더구나 그는 수진랑을 이성으로서 좋아하지 않는다. 그녀는 단지 친구일 뿐이다.

지난밤에 미친 듯이 부둥켜안고 몸부림쳤었던 그 몸뚱이의 주인을 사랑하지 않는다는 것이다.

용비가 돌아왔다는 사실을 알고 있는 사람은 수진랑만이 아니었다.

한정도 알고 있었다. 그녀의 방은 한 칸 건너 옆방이다. 비어 있는 용비 방 양쪽에 한정과 수진랑의 방이 있다.

한정 정도의 고수가 잠이 들었다고 해도 한 칸 건너 수진랑의 방에서 오랫동안 흘러나온 용비의 거친 숨소리와 수진랑의 낮은 신음소리, 그리고 살과 살이 부딪치는 원초적인 소리를 듣지 못했을 리가 없다.

그것 때문에 한정은 용비가 호신도에서 나왔다는 것과 수진랑과 정사를 나누고 있다는 사실을 동시에 알았다.

그 소리가 들리는 동안, 그리고 소리가 들리지 않게 된 후에도 그녀는 너무나 괴로워서 남몰래 가슴을 쥐어뜯으면서 잠을 이루지 못했다.

처음에는 천추문 일대제자 중에서도 단연 두각을 나타내고 있는 수진랑과 하인보다 못한 외겸인 용비가 친구라는 사실이 몹시 신기했었다.

참으로 기이한 만남과 인연도 있구나, 저렇게도 친구가 될 수 있구나, 하면서 두 사람의 우정에 대해서 감탄과 박수를 보냈었다.

그런데 이제 보니 두 사람은 그렇고 그런 관계였다. 한정은 두 사람의 정사가 처음이 아닐 것이라고 생각했다. 저토록 자연스러운데 처음일 리가 없다. 몇 번이나 정사를 나누었을까 하는 것은 중요하지 않다.

두 사람은 한정을 만나기 전부터 깊은 정을 나눈 사이였던 것이 분명했다.

그것을 두 사람은 내색하지 않았고 한정은 전혀 알아차리지 못했다.

두 사람은 한정을 속인 것이 아니다. 단지 겉으로 드러내지 않았을 뿐이다.

그렇다고 두 사람을 원망할 수는 없다. 아니, 한정이 용비를 알고 난 이후에 두 사람이 저런 관계가 됐다고 해도 한정으로선 어쩔 수 없는 입장이다.

그녀는 용비의 부인도 아니고 연인도 아니다. 설혹 부인이나 연인이라고 해도 한정의 성격으로는 아무 말도 못하고 벙어리 냉가슴만 앓을 뿐이다.

한정은 밤새 너무 많이 울어서 눈이 발갛게 충혈되고 부었으나 세수를 하고 화장을 곱게 하여 울었던 흔적을 최대한 감추었다.

그녀는 아무렇지 않게 행동하려고 애썼으며 실제로 다른 사람들 눈에는 그렇게 보였다.

그러나 수진랑은 그녀와 눈을 마주치지 못하고 시선을 피했다. 필경 지난밤의 정사를 한정이 알고 있을 것이라고 생각하는 듯했다.

한정에게 용비가 어떤 존재인지 알기에 수진랑은 미안한 마음을 금치 못하는 것 같았다.

그렇게 미안하다면, 그렇다면 지난밤의 정사는 그녀가 원한 것이 아닌가. 용비가 원했으며 그녀가 마지못해서 받아들인 것인가.

용비가 정사를 원한다는 것은 도저히 상상이 가지 않았다. 강직하고 차가우며 냉소적인 그의 어느 면이 여자에게 정사를 원하는 욕정적인 사람으로 보이겠는가.

또 한 사람, 한 층 아래에 있는 소선개도 용비와 수진랑의 정사하는 소리를 들었다.

평소의 그였다면 벌써 난리법석이 났을 것이다. 하지만 그는 요즘 혈풍도대 홍일점 조오에게 푹 빠져 있어서 제정신이 아니었다.

그의 유일한 낙은 조오를 괴롭히는 것이다. 천붕호가 어디로 가고 있는지, 밖에서 무슨 일이 벌어지고 있는지 그는 조금도 신경 쓰지 않았다.

오로지 하루 종일 막막이 갖다 주는 세 끼 밥을 먹으면서 조오 곁을 떠나지 않고 그녀를 괴롭히고 있을 뿐이다.

용비는 한낮이 되어서도 깨어나지 않고 잠만 잤다. 호신도 속에서 대신과 함께 무공 연마를 하느라 거의 잠을 못 잤기 때문에 피곤이 쌓일 대로 쌓여 있었다.

그래서 수진랑과의 정사 이후 늦은 아침에 잠깐 눈을 떴다가 다시 잠들어 다음날 아침이 돼서야 비로소 침상에서 일어났다.

그는 정사 이후에 알몸으로 자고 있었다. 밖에서 이십 일이 니까 호신도 안에서는 그 열 배인 이백 일을 보냈다. 이백 일 동안 대신과 무공 연마를 하느라 입고 있던 옷은 누더기가 된 지 오래였다.

침상 머리맡의 작은 탁자 위에 한 벌의 깨끗한 흑의 경장이 가지런히 놓여 있는 것이 눈에 띄었다. 흑의 경장은 그가 좋 아하는 옷이다.

용비는 수진랑이 갖다놓았을 것이라고 생각했다. 하지만 옷을 입는 동안 생각이 바뀌었다.

옷에서 은은하게 풍기는 향기는 한정 특유의 향기였다. 옷 은 한정이 갖다놓은 것이다.

그녀가 방에 들어온 것도 모른 채 그는 정말 깊은 잠에 빠 져 있었다.

그제야 용비는 자신과 수진랑의 정사를 한정이 알고 있을 것이라는 사실에 생각이 미쳤다. 그래서 알몸으로 수진랑의 침상에서 자고 있는 자신의 모습을 보고서 한정이 무슨 생각 을 했을까 하는 염려가 들었다.

그는 생각을 떨쳐 내려고 고개를 세차게 흔들고 나서 옷을 마저 다 입었다.

그런데 그때 침상 바닥에 떨어져 있는 호신도를 발견하고 집어 들었다.

‘아!’

그는 눈을 조금 크게 뜨며 놀랐다. 호신도의 풍경은 언제나 변함없이 푸른 여름이었는데 지금은 늦가을의 살풍경으로 변해 있었다.

폭포 위 바위에 우뚝 서 있던 대신이 훌쩍 뛰어내려 자신을 향해 곧장 쏘아오는 것을 보고 용비는 반가움에 빙그레 미소를 지었다.

“하하. 대신, 너는 거기에서 나올 수 없어.”

슈와앗!

“으헛!”

그런데 대신이 그림 밖으로 쏘아 나와 용비를 덮쳤다. 아니, 덮쳤다고 여긴 순간 사라져 버렸다.

용비는 실내를 두리번거렸으나 대신의 모습은 보이지 않았다. 그리고 그림 속에도 대신은 없었다. 대신은 그림 밖으로 튀어나온 것이 분명했다.

그때 그는 자신의 몸속에서 무언가 세차게 요동치는 것을 느꼈다.

그것은 귀로는 들리지 않는 대신의 우렁찬 포효(咆哮)였다. 들리지 않지만 그 포효를 느꼈다.

‘대신이 내 안으로 들어왔다.’

놀라서 눈을 크게 뜨고 있는데 호신도 안의 풍경이 빠르게 사라지기 시작했다.

아니, 그가 제대로 보려고 그림에 시선을 고정했을 때에는 이미 호신도의 풍경은 깡그리 사라지고 흰 여백만 남아 있었다. 대신도 여름 풍경이나 가을의 풍경도 더 이상 그곳에는 없었다.

호신도가 사라졌다. 그리고 대신도 사라졌다. 아니, 대신은 용비의 몸속으로 들어왔다.

그는 호신도에 두 번째 들어가서 이백 일 동안 지내면서 대신의 모든 것을 배웠다.

대신은 그에게 더 이상 가르칠 것이 없다고 말했다. 즉, 그에게 이제 호신도는 필요가 없게 되었다.

그래서 호신도가 사라진 것이며 대신은 용비의 몸속으로 들어왔다.

효용가치가 없어진 호신도가 스스로 소멸하다니 신기하기 짝이 없는 일이다.

그런데 용비의 몸속에서 대신이 자꾸만 포효를 거듭했다. 그것이 폭풍처럼 그의 몸을 거세게 흔들었다. 그리고 대신의 교감이 전해져 왔다.

'삼원심공을 운공하라.'

용비는 망설임없이 즉시 그 자리에 가부좌로 앉아서 운공 조식을 시작했다.

이각 후, 운공조식을 끝낸 용비는 눈을 뜨고 크게 놀라는 표정을 지었다.

'대신이 백호공(白虎功)으로 변하다니⋯⋯.'

호신도 안의 거대한 호랑이 대신이 용비의 몸속으로 들어와 운공조식을 통해서 백호공, 즉 그의 공력이 돼버리는 믿기 어려운 일이 벌어졌다.

지금 그의 체내에는 주체하기 어려울 정도의 백호공이 넘실거리고 있다. 대신이 백호공으로 변한 덕분이다.

사부 완사는 대체 어떤 방법으로 이런 불가사의한 일을 가능하게 했는지 신기할 따름이다.

사부가 그린 것은 단지 한 장의 그림이었을 뿐인데, 사람이 그 속으로 들어가서 무공을 연마하고, 나중에는 그림 속의 영물이 사람의 체내로 들어가서 공력으로 화하다니, 인간세상에서는 일어날 수 없는 일이다.

그러므로 사부 만절기황의 능력이 과연 어느 정도인지 짐작조차 하기 어렵다.

척!

정오가 다 되어갈 무렵에 방에서 나온 용비는 요란한 기합 소리를 따라가서 어느 문을 열었다.

그곳은 매우 넓은 공간으로 무공 수련장으로 사용하고 있는 곳이며, 현도와 낙혼, 요조, 설매, 소진진이 두 줄로 나란히 서서 열심히 무술 수련을 하고 있는 중이었다.

요즈음 천붕호 내의 무술 수련 열기는 대단해서 심지어 미령과 막막까지 배우고 있었다.

지금 그녀들과 지연화는 주방에서 점심식사를 준비하고 있는데 빨리 무술 수련을 하고 싶어서 안달이 났다.

또한 마강과 대도는 배를 몰고 있다. 배를 모는 일은 항상 두 사람이 필요하다. 점심식사 후에는 다른 사람이 교대를 해줄 것이다.

지금 다섯 사람이 구슬땀을 흘리면서 수련하고 있는 것은 천추문의 검법이다.

그들은 제남까지 북행하는 동안 권각술을 배웠으며 남행을 하고 있는 지금은 검법을 익히고 있다.

물론 완벽하게 익힌 것이 아니다. 그럴 만한 시일도 없었다. 한정에게 구결과 동작을 배운 것에 불과하며 앞으로 남은 일은 부단히 수련하는 것이다.

결우당 친구들이 익히고 있는 권각술은 천추문 천추십등 중에 육등공인 천추등룡산(千秋騰龍散)이다. 천추문 이대제자들이 익히는 상승권법이며, 그것 하나만 제대로 연마해도 무림에서 일류고수 소리를 들을 수가 있다.

그리고 지금 그들이 수련하고 있는 것은 역시 육등공인 낙영팔검(落影八劍)이다.

한정이 오랜 궁리 끝에 고른 무공이다. 그녀는 긴 안목으로 내다봤을 때 결우당 사람들을 고강하게 만들어야겠다고 작정했다.

그러므로 천추문 삼, 사, 오대제자들이 익히는 무공은 약하고, 문주 일족이 익히는 가전무공이나 일대제자들의 무공은 너무 어렵다. 그래서 적당하다고 결정한 것이 천추등룡산과 낙영팔검이다.

다섯 사람 각자의 손에는 목검이 쥐어져 있고, 그것을 구결에 따라서 세차게 휘두를 때마다 제법 파공음이 허공을 울리고 있다.

다섯 사람 앞에는 한정이 우뚝 서서 지켜보고 있다. 그녀는 지난 며칠 동안 낙영팔검의 구결과 해석, 동작을 모두에게 자세히 가르쳤으며, 이후로는 그들의 동작을 지켜보면서 미비한 점이나 틀린 점을 지적하고 있다.

그러나 용비는 다섯 사람의 무술 수련을 제대로 볼 마음의 여유가 없었다.

그들 역시 무술 수련에 열중하느라 용비가 문을 연 것을 알지 못했다.

문을 열자마자 용비의 시선은 한정에게 날아가 꽂혔다. 그와 수진랑의 정사를 알고 있을 그녀가 어떤 반응을 보일지 궁금했기 때문이다.

한정은 다섯 사람의 동작을 예리하게 주시하던 중이어서 용비가 문을 열고서도 조금 후에 그를 쳐다보았다.

"아!"

그녀는 반가운 듯 환하게 미소 지으면서 용비에게 뛰듯이 다가왔다.

그녀의 반응이 예상했던 것하고는 전혀 딴판이라서 혹시 그녀가 자신과 수진랑과의 정사를 모르고 있는 것이 아닌가 하는 생각마저 들 정도였다. 그러나 절대로 그럴 리가 없다.

한정이 문으로 뛰어가는 바람에 다섯 사람도 용비를 발견했으나 무술 수련을 멈추지는 않았다.

용비가 반갑지 않아서가 아니라 무술 수련을 하는 도중에는 무슨 일이 있어도 한눈을 팔아서는 안 된다고 한정이 미리 못을 박아놨기 때문이다.

"이제 일어났군요?"

한정은 문을 닫고 밖으로 나와 용비 앞에 바싹 붙어 서서 그의 가슴을 어루만지며 생글생글 미소 지었다.

그녀의 그런 행동은 예전에는 하지 않던 것이다. 그녀는 매우 친근하게 굴었다. 그녀가 바싹 다가서자 풍만한 가슴이 용비의 배에 짓눌렸다. 그것을 알고 있을 텐데도 그녀는 개의치

않았다. 평소에 현숙한 그녀로서는 상상하기 어려운 행동이
다.

용비는 그녀가 왜 그러는지 오래 생각하지 않아도 알 수 있
었다. 그와 수진랑과의 정사를 알고 나서 오히려 예전보다 더
친밀하게 행동하는 것이다. 수진랑만 여자가 아니라 나도 여
자라고, 그녀만 더 사랑하지 말고 나도 사랑해달라는 몸부림
처럼 보였다.

그래서 용비는 한정에게 더 미안해졌다. 자신이 그녀를 이
토록 비참하게 만들었기 때문이다.

그는 그녀의 등을 부드럽게 쓰다듬으며 중얼거렸다.

"미안하오."

한정의 가녀린 몸이 움찔했다. 그러더니 그녀는 용비의 가
슴에 얼굴을 묻고 가늘게 몸을 떨었다.

용비는 그녀가 울고 있다는 것을 알았다. 울음소리를 내지
않으려고 입술을 꼭 깨물고 있다는 것도 알 수 있었다.

아무 말도 할 수 없는 용비는 그저 우두커니 서서 그녀의
등만 쓰다듬고 있을 뿐이다.

천붕호는 낙혼과 요조가 몰고 있으며, 다른 사람들은 모두
식당에 모여서 점심식사를 하고 있다.

선창 이층에서 조오를 괴롭히느라 꼼짝도 하지 않던 소선

개까지 올라왔다.

모두 오랜만에 만난 용비만 쳐다보느라 식사를 할 생각도 하지 않았다.

그러나 용비에게 이십 일 동안이나 어디로 사라졌다가 갑자기 다시 나타났느냐고 묻는 사람은 아무도 없었다.

그것에 대해서는 한정이 모두에게 사전에 충분한 설명을 해주었기 때문이다.

그녀는 용비가 특수한 무공을 연마하기 위해서 선창 맨 아래 삼층의 골방에서 폐관을 하고 있는 중이며 그동안에는 물 한 모금도 마시지 않아야 하므로 일체 그를 방해해서는 안 된다고 모두에게 주의를 주었었다.

물론 선의의 거짓말이다. 용비가 그림 속으로 들어가서 무공을 연마한다고 말할 수 없기 때문이었다.

용비는 이십 일 전보다 많이 수척해진 모습이라서 한정의 말을 잘 뒷받침해 주고 있다.

용비 양옆에는 한정과 수진랑이 앉아 있다. 두 소녀는 미령에게 용비의 옆자리를 서로 양보했으나 미령은 손사래를 치면서 끝내 용비 맞은편에 앉았다.

그녀는 마음속으로는 아들을 끔찍하게 사랑하지만 겉으로 표현하거나 행동으로 보여주는 것은 죽어도 하지 못하는 성격이다.

그래도 그녀는 말없이 용비 앞에 맛있는 요리들을 이것저것 밀어주고 있었다.

"그래, 무슨 무공을 배운 거냐?"

현도가 몹시 궁금한 듯 용비에게 물었다.

"호투신박이다."

"그거 지난번에 배웠던 거 아냐?"

용비는 빙그레 미소 지었다.

"그걸 완성했다."

"아하……."

미령 옆에서 식사하고 있는 소진진이 눈을 빛내며 용비를 바라보았다.

"명귀가 무공을 펼치는 것을 한 번도 본 적이 없어. 언제 보여줄 거야?"

"때가 되면."

용비는 대답을 하면서 또 빙그레 미소 지었다.

"너 변했다."

그 모습을 보고 현도가 신기하다는 듯한 표정을 지었다.

"예전에는 일 년에 한두 번 웃을까 말까 했는데 지금은 걸핏하면 미소를 짓잖아. 식사하려고 앉은 이후에 벌써 대여섯 번이나 미소를 지었어."

그 사실을 모두 알고 있었으나 용비 자신만 모르고 있었다.

“그래?”

현도가 말하려는데 소진진이 가로챘다.

“그뿐 아니라 너 이제는 귀신처럼 보이지도 않아.”

모두 한마디씩 동의하면서 고개를 끄덕였다. 아니, 한 사람은 예외였다.

“쟤가 귀신처럼 보였어?”

“네, 어머니.”

“귀신같은 것이 아니라 귀신 그 자체였어요.”

미령이 의아한 표정을 지으면서 묻자 현도와 소진진이 동시에 대답했다.

“처음 듣는 얘기네.”

미령은 고개를 갸웃거렸다. 고슴도치도 제 자식은 예쁜 법이다. 그녀는 용비가 귀신처럼 보인 적이 한 번도 없었다.

“이제 명귀라고 부르면 안 되겠네?”

“용비라고 불러. 좋은 이름 놔두고 기분 나쁘게 왜 명귀야?”

“알았어.”

소진진의 말에 현도가 구박했다.

용비는 자기가 왜 미소가 늘었으며 예전의 소름끼치는 분위기가 사라졌는지 원인을 알 수 있을 것 같았다.

그는 호신도에 두 번 들어가서 대신과 정말 친하게 지냈다.

대신은 사부 완사가 그림으로 만들어낸 영물이지만, 용비는
피를 나눈 친형제보다도 더 친해졌다.

예전에 용비가 얼굴과 온몸으로 뿜어내던 분위기는 아마
도 그의 마음에 내재되어 있는 외로움과 한(恨) 같은 것들이
분위기로 표출되었기 때문일 것이다.

그런데 그는 대신과 무려 삼백오십 일 동안이나 한시도 떨
어지지 않고 마음껏 웃으며 재미있게 지내다 보니까 자연스
럽게 외로움과 한이 떨쳐져 버린 것 같다.

즉, 마음의 병이 치료되니까 그의 귀신같은 분위기도 함께
사라져 버린 것이다.

"보고할 것이 있어요."

한정이 용비의 밥그릇에 맛있는 고기요리를 얹어주면서
아름답게 미소 지었다.

"용화상단의 화물은 무사히 제남에 운송했어요."

모두 한정이 다음에 무슨 말을 할지 알기 때문에 싱글벙글
한 표정이었다.

"알고 보니까 용화상단은 중원삼대상단 중에 하나였어요.
이번에 용화상단의 총단주를 만났는데 그가 앞으로 절강성에
서 용화상단으로 보내지는 모든 화물을 우리 천붕양행에 맡
기겠다고 약속했어요. 그 화물을 다 운송하려면 운송선이 두
척 더 필요하고, 그렇지 않으면 밤낮 눈코 뜰 새 없이 바빠질

거예요."

한정은 용비의 얼굴이 환해지는 것을 보며 말을 이었다.

"운송 물량을 돈으로 환산해서 매월 백오십만 냥 정도의 수입이 예상돼요."

"각전이 아니라 은자야 은자! 하하하! 은자로 백오십만 냥이야! 굉장하지 않아?"

현도가 엄지손가락을 치켜세우면서 호들갑을 떨었다.

미령과 지연화, 소진진, 마강은 그 얘기를 처음에 들었을 때나 지금이나 여전히 믿어지지 않는다는 얼굴이다. 그들에게 용비는 그저 천추문의 외겹인이고 내세울 것 없는 아들일 뿐이다.

그런 용비가 매월 은자 백오십만 냥이나 벌어들이는 엄청난 존재가 됐다는 사실이 꿈만 같았다.

"용화상단의 도움으로 제남에 천붕양행의 지점을 얻었어요. 그리고 사람들을 구해서 그중 한 명을 지점장으로 임명했어요. 그러느라 제남에서 이틀 동안 보냈어요."

"지점을?"

"절강에서 화물을 싣고 제남으로 갔다가 빈 배로 돌아올 수는 없잖겠어요?"

"아……."

용비가 감탄하며 쳐다보자 한정은 부끄러운 듯 얼굴을 붉히면서 고개를 숙였다.

절강성에서 산동성 제남까지 화물을 운송하는 것만으로 매월 은자 백오십만 냥을 벌 수 있다면, 제남에서 절강까지 돌아오면서 화물을 운송하여 그 절반은 벌 수 있을 것이라는 계산이 나온다.

그렇다면 매월 이백만 냥 이상을 벌 수 있다. 실로 어마어마한 금액이다.

그 모든 것이 한정 덕분에 가능했다. 용비가 화봉각에서 나가기로 결정했을 때 배를 생각해 낸 것은 한정이었으며, 은자 육십만 냥을 종자돈으로 삼아서 운송업을 해보자고 한 것도 그녀였다.

용비에게, 아니, 결우당 모두에게 한정은 굴러들어온 복덩이다. 그녀가 아니었으면 모두 사우당에 매달려서 푼돈이나 벌려고 아등바등하고 있었을 터이다.

소선개는 묵묵히 식사만 했다. 용비만 수척해진 것이 아니라 그도 매우 수척한 모습이다.

밤낮을 가리지 않고 조오에게 매달려서 괴롭히고 있으니까 몸이 배겨나지 못하는 것이다.

용비의 성격이 밝아진 것과는 반대로 소선개는 밝았던 성격이 매우 어둡고 침울하게 변했다.

第三十七章 천추문의 멸문

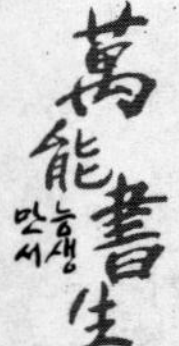

제남을 떠난 지 열하루, 남관구 포구를 떠난 지 이십오 일
만에 천붕호는 옥반양(玉盤洋)에 이르렀다.

이제 항주만, 즉 전당강 하구를 지나면 곧 남관구 포구가
나타난다. 넉넉잡아서 세 시진이면 긴 항해를 끝낼 수 있을
것이다.

용비는 한정과 함께 천붕호 앞머리에 나란히 서서 저 멀리
전방의 전당강 하구를 바라보고 있다.

한정은 두 팔로 용비의 팔을 꼭 끌어안고 그의 어깨에 머리
를 기댄 채 미소를 짓고 있다.

그날 용비와 수진랑과의 정사를 알고 난 이후 한정의 행동은 많이 변했다.

그녀는 용비에게 용감해졌다. 특히 신체 접촉이 과감해졌다. 그녀는 용비와 수진랑의 정사에 대해서 한마디도 하지 않았으며 내색조차 하지 않았다.

그래도 용비는 그녀가 작은 시위를 하고 있다는 것을 느끼고 있다.

그리고 그 시위에 기꺼이 따라주었다. 그것이 그녀에 대한 보상이라고 여기기 때문이다.

전방에 배 한 척이 나타났다. 아니, 원래 옥반양에는 수백 척의 배가 뒤엉키듯이 오가고 있었다. 그중 한 척이 빠른 속도로 천붕호를 향해서 다가오고 있었다.

버들잎처럼 길쭉하고 배보다 더 큰 돛을 두 개나 달았지만 정원이 십여 명밖에 안 되는 자그마한 크기의 유엽선(柳葉船)이라는 쾌속선이다. 주로 전쟁 시에 수군이 사용하는데 이곳에 나타난 것이다.

선실이나 움막 같은 것이 없는 유엽선에는 세 명만 타고 있었다. 두 배의 거리가 이십여 장으로 가까워졌을 때 유엽선 앞쪽의 한 경장고수가 두 손을 둥그렇게 모아 입나팔을 만들어 입에 붙이고 외쳤다.

"어이! 그 배에 용비라는 사내가 있소?"

한정은 깜짝 놀라 용비의 어깨에서 머리를 떼고 그를 바라
보았다.

"저 사람들이 어째서?"

그녀가 뭐라고 하기도 전에 용비가 경장고수에게 대답했
다.

"내가 용비요."

한정은 그가 순순히 인정하는 바람에 깜짝 놀랐다.

유엽선의 사내들이 능숙한 솜씨로 돛을 내리고 대신 노를
저어 천붕호로 다가왔다.

"우리는 신룡보 사람들이오! 소보주의 말을 전하겠소! 내
가 그 배에 올라도 되겠소?"

"그러시오."

용비가 고개를 끄덕이자 말을 했던 경장고수가 번쩍 신형
을 날렸다가 용비 앞쪽에 가볍게 내려섰다.

한정은 상황이 너무 빠르게 진행되는 바람에 적잖이 놀라
고 혼란스러웠다.

하지만 신룡보라면 지난번에 용비가 비무를 하여 격패시
켰던 흑룡가인 반아미의 방파다.

필경 그녀는 용비에게 악감정을 품고 있을 것이고 혈안이
되어 찾고 있을 텐데 용비가 너무 쉽게 신룡보 사람을 천붕호
에 태운 것이 마음에 걸렸다.

그러나 예상했던 것과는 반대로 경장고수는 용비에게 정중하게 포권을 하며 예의를 갖추었다.

"나는 신룡보 맹룡단주(猛龍壇主) 형섭(衡燮)이오. 용 소협에게 소보주의 말씀을 전하겠소."

그가 용비에게 '소협'이라고 호칭하는 것이 특이했다.

용비가 가볍게 고개를 끄덕이자 형섭은 진지하고도 긴장된 표정으로 말을 이었다.

"혈풍도대가 혈안이 되어 용 소협을 찾고 있소."

"알고 있소."

이십오 일 전에 남관구 포구를 떠날 당시에도 그랬었는데 지금도 여전할 것이다.

형섭의 시선이 잠시 한정에게 향했다가 다시 용비를 쳐다보는데 그의 표정이 긴장으로 굳어졌다.

"용 소협과 천추문 소문주와의 관계를 혈풍도대가 알아냈소. 또한 혈풍도대는 천추문 지하석실에 감춰져 있던 건곤풍의 시체를 찾아냈소."

용비는 움찔했고 한정은 깜짝 놀라 눈을 크게 떴다. 불길한 예감이 그녀의 온몸을 훑었다.

형섭은 거두절미하고 본론만 설명했다.

"보름 전에 풍운방이 천추문을 급습하여 멸문시켰소. 나중에 알게 된 일이지만 풍운방은 절대십천의 항주 분타 역할을 하고 있었소. 그리고 혈풍도대 제팔조장 유혼도의 명령으로 신룡보와 다른 항주삼세도 조력했으나 본보의 보주께선 될 수 있는 한 싸우는 척만 하고 천추문 사람들을 죽이거나 다치게 하지는 말라고 엄명을 은밀하게 내리셨소. 실제로 본보 사람들은 천추문 사람들을 한 명도 죽이지 않았소.”

“아⋯⋯.”

한정은 용비의 팔을 꼭 붙잡으며 나직한 탄식을 토해내며 비틀거렸다.

다리에 힘이 풀린 그녀가 용비를 붙잡고 있지 않았다면 그 자리에 주저앉았을 것이다.

그녀는 물론 용비마저도 자신들이 뭔가 잘못 들은 것이 아닌가 하고 귀를 의심했다.

“지금 뭐라고 했소? 천추문이 멸문했다고 그랬소?”

“그렇소. 천추문은 완전히 불타서 전소했으며 대략 삼백여 명쯤 죽임을 당한 것 같소. 생존자들은 뿔뿔이 흩어졌으며 유혼도의 명령으로 항주사세가 그들을 색출하고 있소.”

용비의 얼굴에 기가 막힌다는 표정이 떠오르더니 곧 어금니를 힘껏 악물었다.

“그리고 절대십천에서 고수들이 더 내려왔는데 누군지는 잘 모르겠소. 그들과 풍운방을 비롯한 항주사세가 총동원되어 용 소협 일행을 찾고 있소. 항주에, 아니, 배가 남관구 포구에 닿는 순간 당신들은 절대 빠져나가지 못할 것이오. 항주 인근에는 천라지망이 쳐져 있소."

형섭은 몇 마디 더 남기고 서둘러 유엽선으로 돌아갔으며, 유엽선은 물살을 가르며 전당강 하구 쪽으로 향했다.

형섭의 말에 의하면, 천추문주 일가 사십여 명이 몰살당했는데 천추문주 한성림과 아들 한무군의 시체는 발견되지 않았다고 한다.

그리고 혈풍도대는 용비 등이 남관구 포구에 천붕양행이라는 운송업체를 개업했다는 것과 두 척의 배를 건조하고 있다는 사실까지 알아냈다.

또한 천붕호가 화물을 싣고 남관구 포구를 떠났다는 것, 그리고 언젠가는 돌아올 것이라고 예상하여 포구 일대에 수많은 고수들을 배치했다고 한다.

신룡보 소보주 반아미의 명령으로 신룡보 고수 수십 명이 여러 대의 유엽선에 나누어 타고 보름 전부터 전당강 하구와 옥반양에서 용비 일행을 기다리고 있었다. 물론 위험을 사전에 알려주기 위해서다.

반아미가 그렇게 애쓰는 이유는 용비를 자신의 손으로 직접 죽이기 위해서라고 한다.

또한 천추문 멸문에 신룡보도 조력했기 때문에 거기에 대한 사죄의 의미도 있다는 것이다.

천붕호는 옥반양 남쪽 해안의 무수하게 흩어져 있는 무인
도 중에 한 곳의 기슭에 숨어들어 정박했고, 오래지 않아서
짙은 어둠이 깔렸다.

신룡보 맹룡단주 형섭에게 청천벽력 같은 소식을 들은 후
두 시진 동안 한정은 울음을 그치지 못했다.

아까는 금의환향하는 들뜬 기분이었으나 지금은 초상집
같은 분위기에 빠져 있다.

모두 갑판 아래 일층 선창의 식당에 모여 있으며 한정은 자
신의 방에서 문을 닫은 채 울고 있다.

아무도 한정을 위로하지 못했다. 위로할 엄두가 나지 않았
으며 무슨 말로 위로해야 할지 모르기 때문이다.

소선개만이 슬그머니 일어나 나가더니 아래로 내려가서
또다시 조오를 매질하기 시작했다.

그녀는 사신검에 묶여 있지도 않았다. 소선개에 의해서 무
공이 폐지됐기 때문에 보통사람이나 다를 바 없다.

소선개는 그녀의 목에 개처럼 쇠사슬을 묶어놓았다. 쇠사
슬의 길이는 일 장이라서 그 방 안에서는 어디든지 움직일 수
있다.

방 안에는 찌그러진 밥그릇과 한쪽 구석에 나무통이 있어
서 그곳에서 용변을 볼 수가 있다.

여전히 알몸인 조오는 옷을 입고 있는 것이나 다름없는 모습이다. 온몸이 상처와 흉터, 피딱지로 뒤덮여 있기 때문이다.

소선개는 천추문을 멸문시킨 것이 혈풍도대라는 사실을 알고 더욱 분노하여 조오를 개처럼 때리며 학대했다.

*   *   *

다음날 밤 해시(10시) 무렵의 화봉각.

예전에 결우당으로 사용했던 화악정 일층에서 하나의 검은 그림자가 소리없이 빠져나왔다.

서호 쪽으로 나 있는 비밀 지하통로를 통해서 화봉각에 잠입한 용비다. 결우당이 화악정을 떠난 후에도 지하통로는 봉쇄되지 않았다.

그는 화악정 근처의 지리를 익히 알고 있는 터라서 능숙하게 움직였다.

화봉각은 열 개의 인공섬 위에 지어진 열 채의 전각으로 이루어져 있다. 그 말은 열 개의 인공섬 외에는 전부 인공호수라는 뜻이다.

인공섬끼리 연결하고 있는 수십 개의 다리 근처에는 화봉각의 호위무사들이 지키고 있다는 사실을 알고 있는 용비는 다리에서 멀찍이 떨어진 곳에서 수면 위에 낮게 떠서 인공호수를 건넜다.

호신도에 들어가서 대신의 모든 것, 즉 호투신박을 완벽하게 터득한 용비의 무위는 들어가기 전보다 최소한 두 배 이상 고강해진 상태다.

이제는 그에게 폭 십여 장의 인공호수를 날아서 건너는 것쯤은 땅 짚고 헤엄치는 것보다도 쉬운 일이다.

그가 인공호수를 건너 나무와 석등, 구조물 따위를 엄폐물 삼아서 무인지경처럼 이동하고 있지만 호위무사들은 아무도 그를 발견하지 못했다.

그는 오늘 밤에 화봉각주인 화봉 옥연을 은밀하게 만나러 왔다. 멸문한 천추문의 생존자들을 찾아서 모으는 일을 옥연에게 부탁하고 천추문 멸문에 대해서, 그리고 항주에 내려와 있는 절대십천 고수들에 대해서 정확한 정보를 얻으려는 것이 목적이다.

소선개를 통해서 개방의 힘을 빌릴 수도 없는 상황이고, 항주 성내에 대해서 빠삭한 용비나 현도 등이 직접 나서는 것도 위험한 일이다.

항주에서만큼은 개방을 능가하는 정보망을 지니고 있는 것이 화봉각이다. 그러므로 옥연이 힘이 되어준다면 천추문주와 한무군을 비롯한 천추문의 생존자들을 찾을 수 있을 것이라고 생각했다.

하지만 화봉각에서 몰래 사라진 용비를 그녀가 도와줄 것인지는 미지수다.

어쨌든 용비는 천추문 생존자들을 찾은 후에 항주에 와 있는 혈풍도대와 절대십천의 인물들을 죽일 계획이다.

자신에게 그들을 죽일 수 있는 실력이 있는지는 깊이 생각해 보지 않았다. 이것저것 다 재다 보면 아무것도 하지 못한다. 지금은 활활 타오르는 복수심이 하자는 대로 맡길 생각이다.

용비 때문에 천추문이 멸문했다. 아무리 좋게 말하려고 해도 그것은 변함없는 사실이다.

모든 원인은 용비가 제공했다. 그리고 한정과 수진랑을 비롯하여 천추문주 한성림은 용비에게 우호적이었다. 아니, 그를 적극적으로 도와주었다.

그러므로 용비는 태산이 짓누르고 있는 듯한 죄책감에서 자유로울 수가 없다.

우선 한정을 볼 면목이 없다. 용비는 그녀에게 크나큰 죄인이다. 하지만 돌이킬 수도 없다. 천추문 한씨일족 사십여 명 대부분이 죽고, 무사들과 제자들 삼백여 명도 죽임을 당했으며 천추문 전체가 잿더미로 화했다.

이미 벌어진 그 엄청난 사건을 돌이켜 놓을 수 있는 방법은 전무하다.

그나마 속이라도 확 뚫리는 방법은 오로지 복수뿐이다.

화봉 옥연은 화봉각 총기주 군영과 단둘이서 머리를 맞대고 작금의 사태에 대해서 숙의를 하고 있었다.

요즘 항주 전역은 긴장이 팽배해 있다. 항주 전체가 한 덩어리의 화약 같아서 불만 당기면 언제든지 대폭발을 일으킬 것만 같았다.

애초에 옥연은 절대십천의 혈풍도대가 항주에 들어왔다는 사실을 화봉각의 정보망을 통해서 알고 있었다. 하지만 그들의 목적에 대해서는 아는 바가 없었다.

그녀는 총기주 군영에게 혈풍도대가 항주에 온 목적을 알아내고 그들의 움직임을 예의 주시하라고 지시했었다.

그러는 와중에 화악정에 둥지를 틀고 있던 결우당이 흔적도 없이 증발을 해버리는 일이 벌어졌다.

신룡보의 신룡경천도법을 구해온 것을 치하하여 용비에게 은자 육십만 냥이나 상금으로 주었던 옥연은 심한 배신감을 맛보았다.

그녀는 용비를 '잠룡' 이라고 생각하기에 그에게 큰 기대를 걸고 있었다.

자신의 목적을 이루려면 그가 꼭 필요한 존재라고 판단했었다. 그런 용비가 사라져 버린 것이다.

그것은 그녀가 목적을 이루는 데 큰 차질이 빚어졌다는 뜻이기도 했다.

그녀는 총기주 군영에게 무슨 일이 있어도 반드시 용비를 찾아내라고 명령했다.

하지만 그의 흔적은 어디에서도 발견되지 않았다. 완전히 항주를 떠나 버린 것만 같았다.

그럴 즈음에 난데없이 풍운방과 항주사세가 연합하여 천추문을 급습했다는 급보가 날아들었다. 옥연으로서는 추호도 예상하지 못했던 대사건이다.

이후 천추문을 멸문시킨 배후에 혈풍도대가 도사리고 있다는 사실을 알게 되었다.

그런데 놀라운 일이 벌어졌다. 혈풍도대와 항주사세가 혈안이 되어 용비를 찾고 있다는 사실을 한발 늦게 알아낸 것이다.

옥연은 결우당이 화정각에 있을 때 감시를 하고 있었으므로 천추문 소문주 한정과 일대제자 수진랑이 결우당에 들락거리면서 용비와 친하다는 사실을 알고 있었다.

그래서 천추문의 멸문에 용비가 관계가 있지 않을까 추측하기에 이르렀다.

척!

갑자기 문이 열리는 소리가 들리자 옥연 맞은편에 앉아 있던 군영이 문 쪽을 쳐다보며 가볍게 인상을 썼다.

"무슨 일이냐?"

두 사람이 있는 곳에서 문은 보이지 않는다. 군영은 수하가 급한 보고를 하려고 들어왔을 것이라고 생각했다.

저벅저벅.

문에서 두 사람이 있는 곳으로 발걸음 소리가 이어졌다. 만약 수하라면 대답을 했을 테고 발걸음 소리 따윈 내지 않고 조심스럽게 걸을 것이다.

옥연과 군영은 둘 다 가볍게 표정이 변해서 만약의 급습에 대비했다.

그때 모퉁이를 돌아서 나타난 용비를 발견하고 옥연과 군영은 너무 놀라서 자리를 박차고 벌떡 일어섰다.

"앗!"

일신에 새카만 흑의 경장을 입은 용비의 모습은 이 순간 저승사자처럼 보였다.

옥연과 군영은 너무 뜻밖이고 놀라서 아무 말도 하지 못하고 용비를 쳐다보기만 했다.

"부탁이 있소."

용비는 옥연 두 걸음 앞에 멈추며 불쑥 말했다.

"당신……."

“천추문주와 아들 한무군, 그리고 천추문의 생존자들을 찾아주시오.”

평소의 옥연이었으면 사라졌던 용비가 갑자기 나타나서 이런 얼토당토않은 요구를 하면 코웃음을 쳤겠지만 지금은 그럴 상황이 아니다.

옥연은 놀라움을 억누르고 정색을 했다.

“그것은 혈풍도대, 아니, 절대십천에 반발하는 행동이에요. 내가 어째서 내 무덤을 스스로 파야 하죠?”

“내가 그대에게 빚을 지는 것으로 해둡시다, 언젠가는 반드시 갚아야 하는.”

“앉아요.”

옥연은 진지한 표정으로 조금 전까지 군영이 앉았던 의자를 가리키며 자기 자리에 앉았다.

“그전에 알아야 할 것이 있어요.”

그녀는 맞은편에 앉은 용비를 똑바로 주시했다. 아니, 쏘아본다고 해야 옳았다.

“혈풍도대가 무엇 때문에 당신을 찾는 거죠?”

그녀는 웬만큼은 알고 있다는 투로 캐물었다.

그러나 용비가 입을 굳게 다물고 있자 옥연은 약간의 위협이 필요하다고 생각했다.

“그걸 알기 전에는 아무것도 도와줄 수 없어요.”

용비는 마음이 착잡해졌다. 하지만 옥연이 원하는 것을 말해줄 수는 없다.

용비가 만절기황의 제자고, 그것 때문에 절대십천의 표적이 됐다는 사실을 알게 되면 옥연 역시 만절사신도를 얻으려고 할 것이다.

그녀가 신룡보의 신룡경천도법을 원했던 것을 보면 그녀도 무공광이라는 뜻이다. 또한 탐욕 앞에서의 인간이란 다 똑같은 존재다.

슥—

"가겠소."

용비는 일어나서 문 쪽으로 걸음을 옮겼다. 옥연이 전혀 예상하지 못했던 행동이다.

그녀는 용비가 최소한 고민이라도 할 줄 알았다. 하지만 그는 일말의 고민 따위 없이 즉각 행동으로 옮겨 가겠다는 것이다.

"멈춰요!"

그녀는 깜짝 놀라서 앉아 있는 자세에서 경공을 전개하여 용비의 머리 위를 날아 넘으면서 공중제비를 돌고 그의 앞으로 내려섰다.

스읏.

방금 그녀의 동작은 흔히 볼 수 있는 경공이 아니다. 절정이라고는 할 수 없으나 매우 뛰어난 수법이었다.

그런데 그녀는 용비와 마주 서는 자세로 내려서고 있다가 움찔 가볍게 놀랐다.

마땅히 눈앞에 있어야 할 용비가 보이지 않았기 때문이다. 대신 그 앞쪽에 군영이 서 있는데 그는 매우 놀라는 표정을 짓고 있었다. 그리고 그의 시선은 옥연의 뒤쪽을 향하고 있었다.

옥연은 재빨리 뒤돌아보다가 또다시 놀랐다. 용비가 문을 향해서 아무 일도 없었다는 듯이 성큼성큼 걸어가고 있었기 때문이다.

쉬잇!

옥연은 최고의 경공을 전개하여 용비에게 재차 덮쳐 가면서 오른손을 뻗어 자신이 자랑하는 최강의 금나수법으로 그의 어깨를 잡아채 갔다.

실상 현재 그녀의 무위는 천추문주나 신룡보주보다 두어 수 위다. 그러므로 지금의 한 수로 용비의 어깨를 낚아채고도 남음이 있을 것이라고 그녀는 확신했다.

사악!

그런데 그녀의 오른손이 어이없게도 허공을 움켜잡았다. 그리고 이번에 그녀는 보았다.

용비가 갑자기 어둠이 물러가듯이 찰나지간에 앞으로 쑥 나가 이 장이나 멀어지는 것을.

‘말도 안 돼.’

그녀는 엄청 충격을 받았다. 용비가 흑룡가인 반아미하고
의 비무에서 이 초식 만에 그녀를 굴복시켰다는 것을 알고 있
지만 설마 이 정도일 줄은 몰랐다.

물론 옥연이었다면 반아미를 단 일 초식 만에 제압했을 것
이다. 하지만 방금 경험한 용비의 실력은 그 이상이었다.

그가 옥연을 방금처럼 쉽고 빠르게 피했다는 것은, 그녀를
그만큼 쉽고 빠르게 제압할 수도 있다는 뜻이다.

옥연은 용비를 더 이상 시험하는 것을 단념했다. 그의 진짜
실력을 확인할 다른 기회가 있을 것이다. 지금은 그게 중요한
것이 아니다.

“알았어요.”

그녀는 용비가 문을 열려고 할 때 차분한 목소리로 그를 붙
잡았다. 어떻게든 그가 가는 것을 막아야만 한다.

“당신 부탁을 들어주겠어요. 그 대신 내게 빚이 하나 있다
는 것을 잊지 마세요.”

용비가 돌아와서 다시 의자에 앉자 옥연은 말고삐를 틀어
쥐듯 그를 옥죄었다.

“또 하나, 당신하고 연락이 닿아야겠어요. 천추문 사람들
을 찾더라도 어디로 보내야 하는지 모른다면 소용이 없지 않
겠어요?”

“알겠소.”

그것까지 거절할 수는 없다. 그렇지만 모험이라고 생각하지는 않았다.

옥연은 용비를 혈풍도대에 밀고하는 따위의 어리석은 짓은 하지 않지 않을 것이다.

그래서 그녀가 얻는 이득이 별로 없기 때문이다. 그녀는 절대십천이 잘했다고 머리를 쓰다듬어 주는 것에 만족할 만한 여자가 절대로 아니다.

용비가 아는 한 옥연은 여걸이다. 그녀의 야망이 무엇인지는 모르지만 절대십천에게 칭찬을 받는 것이 아닌 것만은 분명하다.

군영이 직접 차를 끓여 내오자 용비는 찻잔을 만지작거리기만 할 뿐 마시지 않았다.

“일할 수 있겠어요?”

문득 옥연이 용비의 안색을 살피면서 물었다.

두 사람 사이에 서 있는 군영은 옥연이 지금처럼 조심하는 것을 처음 보았다.

원래 그녀는 거침없고 자신만만하게 일을 추진한다. 그런데 지금은 용비의 눈치를 살피고 있는 것이다.

그녀가 말한 ‘일’ 이란 용비와 체결했던 거래, 즉 일거리를 뜻하는 것이다.

그녀는 이런 상황에서 일거리를 주겠다고 한다. 하지만 가만히 생각해 보면, 지금 상황에서 용비가 할 수 있는 일이란 없다. 천추문 사람들을 찾아내고 구하는 일은 옥연이 할 것이기 때문이다.

그리고 복수는 아직 시기가 아니다. 적에 대해서 더 자세하게 알아낸 후에 복수를 실행해도 늦지 않다.

용비가 말없이 고개를 끄덕이자 옥연은 그럴 줄 알았다는 듯이 배시시 미소 지으면서 일거리의 내용을 밝혔다.

"무량신경(無量神經)을 갖다 주세요."

용비가 그것이 무엇이냐는 듯 쳐다보자 옥연은 방그레 미소 지으며 설명했다.

"나부파(羅浮派)에 있어요."

"무공서요?"

"그래요."

그녀는 신룡경천도법에 이어서 또 무공서를 요구했다. 용비는 그녀가 무공을 그것도 상승무공을 익히고 있는 것이 분명하다고 생각했다.

옥연은 희고 긴 손가락 하나를 세워 보였다.

"계약 내용을 조금 변경해야겠어요. 그대로라면 당신이 불리하니까요."

그녀는 혼자서 북 치고 장구 치고 다 했다.

"결우당에 매월 은자 백만 냥씩 지급하겠어요. 그리고 일거리를 성공시켰을 때에는 성공 보수를 주겠어요. 이번 무량신경을 가져오면 오백만 냥을 주겠어요."

용비가 무표정한 얼굴로 그냥 쳐다보기만 하는데도 옥연은 친절하게 그 이유를 설명했다.

"솔직하게 말할게요. 당신은 대단한 존재가 되어가고 있어요. 당신 정도 인물을 부리려면 그에 합당한 녹봉을 지급해야 마땅해요."

옥연은 잠룡 용비를 놓치고 싶지 않았다. 하지만 지금의 그녀로선 돈 말고는 그를 잡아둘 방법이 없는 상황이다. 돈이라면 서호를 다 메울 정도로 많은 그녀다.

"무량신경의 가치는 돈으로 환산할 수 없지만 만약 내가 산다면 은자 삼천만 냥까지는 내놓을 수 있어요. 그러니까 당신에게 성공 보수로 오백만 냥을 주면 오히려 이천오백만 냥이 절약되는 셈이죠."

"더 할 말은?"

옥연은 용비에게 물어볼 것이 많았으나 붙잡는다고 가지 않을 그가 아니다.

"군영."

"알겠습니다."

옥연의 부름에 군영은 공손히 허리를 굽혔다.

용비가 일어서자 옥연이 따라 일어나며 의아한 표정으로 물었다.

"그동안 무슨 일이 있었어요?"

용비가 대답하지 않고 쳐다보자 옥연은 신기하다는 표정을 지었다.

"당신 표정이 무척 밝아졌어요. 그래서 사람이 다르게 보여요. 군영, 그렇지 않아?"

"그렇군요."

용비의 소름끼치는 으스스한 분위기가 거의 사라졌기 때문일 것이다.

화봉각 뒤편 서호 쪽에는 전용 포구가 마련되어 있으며, 그곳에는 이십여 척의 크고 작은 배들이 정박해 있었다.

십여 척은 수상에서 연회를 즐기는 용도로 사용하는 호화 유람선이고 다른 배들은 화봉각에서 쓸 화물을 나르는 운송선, 그리고 사람을 태우는 쾌속선 정도로 분류되어 있다.

군영은 용비를 그곳으로 데리고 가서 뜻밖에도 유람선 한 척을 내주었다.

"화봉각의 유람선 즉, 화봉유선(花鳳遊船)이라면 어디든지 자유롭게 다닐 수 있을 것이오."

항주는 호수와 운하, 강과 바다가 잘 발달되어 있어서 모든 기루가 유람선을 운영하고 있다.

특히 화봉각의 화봉유선은 항주 성내에서 가장 호화롭기로 유명하다. 그것은 움직이는 기루이며 선녀궁(仙女宮)이라는 별명으로 불린다.

열 명의 일급기녀와 삼십여 명의 악사, 무희, 노래하는 가녀(歌女), 또한 이십여 명의 숙수, 하녀, 그리고 다섯 명의 호위무사와 다섯 명의 뱃사람이 화봉유선 한 척에 상주하고 있다.

군영은 그 사람들이 모두 타고 있는 화봉유선 일호(一號)를 내주었다.

앞으로는 이 배를 용비의 전용선으로 마음대로 사용하라는 것이다.

항주의 운하와 서호, 전당강에 유람선들이 수백 척씩 떠다니는 상황에서 용비가 화봉유선 일호를 타고 다닌다면 아무도 의심하지 않을 것이다.

일호는 열 척의 화봉유선 중에서 가장 크고 화려하다. 또한 화봉각 최고의 특급기녀들이 타고 있다.

그리고 군영은 자신의 직속심복인 부기주(副妓主)를 딸려서 보냈다.

第三十八章 철화신(鐵花神)

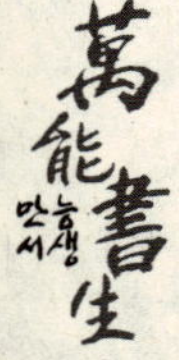

태산의 절대십천에서는 꽤 많은 인원을 항주로 내려 보냈
다.

하나의 부(府)를 통째로 내려 보냈는데 절대칠령의 영림
부(影林府)다.

광폭도와 건곤풍은 영림부 소속이었으며, 영림부는 오십
명으로 이루어져 있다.

그리고 절대십천 내에서 매우 영향력 있는 두 명의 고수가
나중에 따로 항주에 도착했다.

그들은 부부로서 절대십천의 절대사령 지위며 옥소군(玉簫

君)과 염백랑(艶魄琅)이라고 한다.

이름만 들으면 옥소군이 여자고 염백랑이 남자일 것 같지만 사실은 반대다. 무림에서는 이들 부부를 옥소염백이라고 줄여서 부르고 있다.

옥소염백은 혈풍도대 제팔조장 유혼도보다 두 단계나 높은 절대사령이지만, 유혼도에게서 지휘권을 뺏지 않고 자기들끼리 자유롭게 돌아다니고 있다.

용비는 화봉각의 유람선 화봉유선을 타고 서호를 건너서 전당강으로 나가는 동안 부기주 연충(淵忠)으로부터 그런 얘기들을 들었다.

연충은 이십대 중반이며 미끈한 용모의 청년인데 자기를 무림 구대문파 중 하나인 무당파의 속가제자였다고 서슴없이 소개했다.

우연히 화봉 옥연을 볼 기회가 있었는데 그녀에게 첫눈에 반해서 무조건 그녀 곁에 머물고 싶어서 화봉각의 호위무사가 되었다고 한다.

그랬다가 워낙 무공이 출중하고 지혜로워서 승급을 거듭했으며, 화봉각에 들어온 지 삼 년 만에 총기주 군영의 추천으로 전격적으로 부기주의 지위에 올랐다고 용비가 묻지도 않았는데 자기 입으로 술술 얘기했다.

연충은 명랑하고 붙임성이 좋았으며 언변이 뛰어나서 그

를 싫어하는 사람은 없을 것 같았다. 물론 용비는 그를 좋아하지도 싫어하지도 않는다.

사실 용비가 탄 화봉유선 일호에는 손님이 한 명도 타고 있지 않았다.

그런데도 그 배에 상주하는 다섯 명의 호위무사가 손님인 체 가장하고 기녀들과 어울려서 술을 마시며 노래 부르고 춤을 추고 있다.

그러므로 다른 사람들 눈에는 화봉각의 호화유람선이 서호와 전당강을 오가면서 유람을 즐기고 있는 것으로 여길 것이다.

원래 기루의 유람선은 낮과 밤을 가리지 않고 항주 인근을 떠다닌다.

낮에는 낮대로 밤에는 밤대로 유람선을 타고 기녀들과 어울려서 노래를 듣고 춤을 보면서 술을 마시는 묘미가 각각 다르다.

또한 밤을 꼬박 새워 동틀 녘까지도 주흥이 이어지기 때문에 밤늦게 떠다니는 호화유람선을 보고 부러워할지언정 이상하게 보는 시선은 없다.

화봉유선 일호는 환하게 불이 밝혀져 있기 때문에 주위가 대낮처럼 밝아 캄캄한 밤이라고 해도 운항에 지장을 받지 않는다.

　화봉유선 일호는 전당강 하구에서 잠시 멈추었다. 길이 이십 장에 높이 팔 장의 거대한 배 뒤편에서 작은 유엽선 한 척이 내려졌다.

　용비와 부기주 연충이 탄 유엽선은 돛을 올리고 어둠 속으로 쏜살같이 멀어져 갔다.

　화봉유선 일호는 다시 풍악을 뚱땅거리면서 기수를 돌려 전당강으로 향했다.

　"어디요?"

　유엽선 뒤쪽에서 조타를 잡은 연충이 앞쪽에 우뚝 서 있는 용비에게 방향을 물었다.

　유엽선은 옥반양 남쪽 해안지대로 접근하는 중이다. 그곳에는 수백 개의 작은 무인도가 점점이 흩어져 있으며 그중 한 곳에 용비의 천붕호가 숨어 있다.

　대부분은 모래언덕 같은 모래섬이지만 수십 개의 섬은 제법 풀과 수목이 무성하다.

　길눈이 밝으며 기억력이 뛰어난 용비지만 이곳의 무인도들은 다 그 섬이 그 섬 같아서 어디가 어딘지 분간하기가 쉽지 않다.

　"저쪽."

　주위를 유심히 살피던 용비가 한쪽 방향을 가리키자 유엽선은 그곳으로 나는 듯이 쏘아갔다.

"바다에 나오니까 정말 좋군요. 가슴이 탁 트이는 것 같지 않소?"

연충은 세찬 바닷바람에 옷자락을 펄럭이면서 순진한 얼굴을 활짝 폈다.

"화봉의 야망이 무엇이오?"

용비가 궁금하게 여기던 것을 불쑥 물었다. 연충이 워낙 이것저것 말을 잘해주니까 어쩌면 이것도 대답해 주지 않을까 해서 물어본 것이다.

"나도 그것까지는 잘 모르겠소."

연충을 등지고 있는 용비는 그가 정말 모르는 것이라고 생각했다.

여기까지 오는 오래지 않은 시간 동안 파악한 성격이지만, 만약 연충이 알고 있다면 감추지 않았을 것 같았다. 그는 아예 비밀이 없는 사람 같았다.

"하지만 한 가지만은 분명하오. 각주는 최고가 되려고 부단히 노력하고 있소."

"최고?"

"무공으로도 최고, 돈으로도 최고, 뭐든지 최고가 되고 싶어 하는 것 같소. 내가 본 바로는 그렇소. 틀릴 수도 있지만 말이오."

　용비는 뒤돌아보지 않은 채 여전히 어두운 전방을 주시했고, 연충은 말을 이었다.

　“각주는 항주제일고수요. 내가 장담하오. 천추문주나 신룡보주도 각주의 상대는 되지 못할 것이오. 그런데 각주가 얼마나 부자인지 알고 있소?”

　“모르오.”

　“나도 잘 모르오. 하지만 강남에서 다섯 손가락 안에 꼽히는 대부호인 것은 틀림없소.”

　부기주인 연충이 그렇게 말한다면 틀리지 않을 것이다. 옥연이 항주제일고수인 것도 놀랍고, 강남에서 다섯 손가락 안에 꼽힐 만큼 부자라는 사실은 더 놀랍다.

　옥연이 단지 화봉각을 운영하여 그런 어마어마한 부자가 됐을 것 같지는 않았다. 무슨 다른 사업을 병행하고 있는 것이 분명하다.

　“화봉은 화봉각 외에 다른 사업을 하고 있소?”

　용비는 돈을 버는 것에 관심이 많다. 할 수만 있다면 천하제일의 부자가 되고 싶은 것이 그의 희망이다.

　“그렇소. 사실 각주는 또 다른 신분이 있소. 용 형은 혹시 철화신(鐵花神)이라는 이름을 들어봤소?”

　연충은 스스럼없이 용비에게 호형을 했다.

　용비는 고개를 끄덕였다. 그는 옥연의 또 다른 신분이 철화신일 것이라 짐작하고 내심 적잖이 놀랐다.

'철화신'이라는 별호는 절강성과 안휘성, 강소성 일대에서 돈에 관계된 대부분을 장악하고 있는 절대자를 가리키는 것이다.

"하하하! 각주가 바로 철화신이오."

연충은 껄껄 웃었다. 용비의 물음에 옥연이 바로 '철화신'이라는 대답은 모든 것을 설명하고도 남았다.

옥연이 철화신이라는 사실은 전혀 예상하지 못했던 놀라운 사실이다.

'대단하다. 아직 어린 나이에……'

용비는 솔직히 내심 적잖이 감탄했다. 그는 옥연이 용모만으로는 십육칠 세로 보이지만 실제로는 조금 더 나이를 먹었을 것이라고 생각했다. 하지만 그래 봐야 이십 세를 넘지 않았을 터이다.

그 나이에 철화신이라는 별호를 얻을 정도로 대부호가 됐다면 아마도 부모로부터 그 모든 기반과 재산을 물려받았을 것이다. 그러지 않으면 불가능한 일이다.

"더 놀라운 사실이 뭔 줄 아시오?"

연충은 용비를 놀래줄 일이 아직 남았다는 사실이 무척 즐거운 것 같았다.

"각주는 십육 세에 처음으로 기녀, 즉 동기(童妓)가 된 이후 지금까지 사 년여 동안 그 모든 것을 이루었다는 사실이오. 굉장하지 않소?"

용비는 연충을 돌아보았다. 너무 놀라고 충격적인 말이라서 그를 돌아보지 않을 수가 없었다.

"정말이오?"

"정말이잖고, 그럼 총기주께서 내게 거짓말을 했겠소?"

총기주 군영이 연충에게 거짓말을 했을 리가 없다. 정말이지 연충의 말대로 옥연은 굉장하다. 아니, 굉장하다는 말로도 부족하다.

그 순간 용비는 옥연과 더 가까운 관계가 되어야겠다고 생각했다.

그녀에게 돈 버는 비법을 배우고 싶었다. 용비도 그녀처럼 어마어마한 대부호가 되고 싶기 때문이다.

연충은 여태까지의 말투와는 달리 엄숙한 어조로 말했다.

"처음에 나는 각주의 미모에 반했으나 이제는 그녀의 모든 것에 반했소. 어찌 그처럼 완벽한 여인에게 반하지 않을 수 있겠소?"

천붕호는 섬의 움푹 들어간 곳 우거진 수풀 속에 정박해 있어서 여간해서는 눈에 띄지 않았다.

사람들은 모두 배에서 내려 한 군데 옹기종기 모여 서서 하

염없이 바다 쪽을 응시하고 있다. 용비를 기다리고 있는 것이
다.

아까 이른 아침 무렵에 천붕호는 용비를 옥반양 북쪽 해안
에 내려주고 돌아왔다.

전당강 하구 쪽으로는 아예 갈 수가 없어서 그냥 바닷가에
내려준 것이다.

용비는 항주로 갈 예정이니까 그곳에서 항주까지는 백오
십여 리 먼 길이다.

멀기도 하지만 가는 도중에 혈풍도대에 협조하는 세력에
게 걸리지 않을까 그게 걱정이다.

그때부터 천붕호의 사람들은 이제나저제나 그가 오기만을
기다리고 있다.

천붕호에는 식량과 물자들이 풍족하여 이대로 한 달 이상
버티는 것도 가능하다.

미령과 막막, 지연화가 저녁식사를 만들었으나 아무도 먹
을 생각을 하지 않았다.

시월의 바다는 싸늘한 바닷바람 때문에 뼛속까지 춥다. 무
공을 익힌 사람들은 추위쯤 별것 아니지만 나머지 사람들은
추워서 몸을 사시나무 떨 듯이 떨었다.

그러면서도 그 자리를 떠나지 않고 용비를 기다렸다. 추위
보다 용비에 대한 걱정이 더 크기 때문이다.

주위에 마른 풀과 나뭇조각은 지천으로 널렸으나 불을 피우면 이곳에 사람이 있는 것이 발각될까 봐 두려워서 불을 피우지도 못했다.

한정이 미령을 비롯한 여자들에게 추우면 배에 들어가 있으라고 권했으나 아무도 말을 듣지 않았다.

소선개와 조오는 여전히 배 선창 이층에 있다. 소선개는 무슨 일이 벌어져도 전혀 관심이 없는 것 같았다.

"저기 온다."

수진랑이 캄캄한 바다를 가리키며 침묵을 깼다. 그녀의 목소리에 활기가 넘쳤다. 하지만 다른 사람들 눈에는 아무것도 보이지 않았다.

잠시 후에 한정은 날렵한 유엽선 한 척이 이쪽으로 다가오는 흐릿한 모습을 발견했다.

"비아가 온다고? 어디?"

미령이 서둘러 앞으로 나오면서 캄캄한 바다 쪽을 두리번거렸다.

"네. 어머니. 저기 그가 와요."

한정이 가리키는 방향에는 어둠뿐 아무것도 보이지 않았다. 하지만 미령이 잠시 보고 있자니까 어둠을 뚫고 어떤 시커먼 물체가 불쑥 나타났다.

그리고 그것은 곧 배가 되었고, 배 앞머리에 우뚝 서 있는 용비의 모습이 보였다.

"아……."

미령은 용비를 발견하는 순간 두 손을 가슴에 모으고 희미하게 반가운 표정을 지었다. 또한 아들을 바라보는 두 눈에는 안도의 기색이 가득했다.

그러나 그것뿐 그녀는 곧 평소의 표정으로 돌아가 몸을 돌려 저쪽으로 걸어갔다.

한정은 미령의 그런 모습을 보고 씁쓸한 미소를 지었다. 미령이 아들을 사랑하지만 표현을 하지 않는다는 것을 알고 있기 때문이다.

유엽선이 기슭에 닿기도 전에 용비는 신형을 날려서 가볍게 모두의 앞에 내려섰다.

한정은 재빨리 용비를 살펴보았다. 다행히 어디 다친 곳은 없는 것 같고 표정도 평소와 다름없는 듯해서 그녀는 안도하며 가슴을 쓸어내렸다.

용비를 항주로 보내놓고서 한정은 숨을 쉬는 것조차 어려울 만큼 그를 걱정했었다.

그 정도로 그를 걱정하게 될 줄은 몰랐었다. 그럴 줄 미리 알았더라면 그가 가는 것을 결사적으로 말렸을 것이다.

천추문이 멸문을 당할 때 죽지 않고 탈출했을 것이라고 추측하는 아버지와 오라비의 행방을 찾는 것도 중요하지만, 용비에게 무슨 일이 생긴다면 한정은 살아갈 자신이 없다는 사실을 이번에 깨달았다.

그녀뿐만이 아니다. 이곳에 있는 모든 사람이 용비 때문에 모인 사람들이다.

만약 그에게 무슨 일이 생긴다면 모두 절망하여 뿔뿔이 흩어지고 말 것이다.

"어떻게 됐어?"

수진랑이 예의 무표정한 얼굴로 물었다.

한정은 조금 다른 의미에서 수진랑이 미령을 닮았다고 생각했다. 그녀도 미령처럼 자신의 진실한 감정을 숨기고 있다. 단지 미령은 모성이고 수진랑은 애정이라는 차이가 다를 뿐이다.

"화봉이 천추문 사람들을 찾아주기로 했다."

"잘됐군."

그녀는 용비와의 두 번째 정사 이후에 한정에게 미안한 마음 때문에 용비를 더 어색하게 대했다.

부기주 연충이 유엽선을 대고 있는데 아무도 그에게 신경을 쓰지 않고 용비 주위에만 모여 있었다.

그걸 보고 연충은 이곳의 사람들이 용비를 얼마나 좋아하고 신뢰하는지 짐작했다.

용비는 모두를 데리고 배에 올랐다. 배에는 화로가 많기 때문에 불을 피우면 금세 따뜻해진다.

한밤중에 연충은 뭍으로 끌어 올린 유엽선 옆에 혼자 우두 커니 서 있었다.

아무도 그에게 배에 오르자고 청하지 않았기 때문이다. 넉 살이 좋은 그이지만 청하지도 않는데 제 마음대로 배에 오르 는 것은 실례라고 생각했다.

보통 이런 경우에는 기분이 나쁘거나 마음의 상처를 받는 것이 상식이지만, 그는 콧노래를 흥얼거리거나 휘파람을 불 면서 혼자서 잘 놀았다.

용비 등이 배로 올라간 지 한 시진쯤 지났을 때 수진랑이 나와 난간가에 서서 연충을 내려다보며 냉랭한 표정과 목소 리로 말했다.

"돌아가라."

연충은 수진랑을 올려다보면서 환한 미소를 지었다.

"낭자, 참으로 아름답군요."

돌아가라고 축객을 하는데도 아름답다고 칭찬을 하는 연 충이다.

"장난하는 것이냐?"

수진랑이 얼굴 앞에 예리한 칼날을 세우고 싸늘한 표정을 짓자 연충은 깜짝 놀라 눈을 커다랗게 떴다.

“앗! 깜짝이야……."

그는 놀랐다고 하면서도 눈을 초롱초롱 빛내면서 수진랑을 바라보며 감탄을 금치 못했다.

“오오… 그 얼굴 앞의 칼날을 대체 어떻게 만드는 것이오? 내게도 가르쳐 줄 수 없겠소?"

그는 두 손을 맞잡고 눈이 부신 듯한 표정을 지었다.

“굉장하오. 낭자는 비단 아름다울 뿐만 아니라 북풍한설보다 더 차갑구려. 그런데 그 차가움이 외려 낭자의 아름다움을 더 빛내주고 있소. 마치 눈 속에서 피어난 한 송이 청초한 매화 같소이다."

수진랑은 눈살을 찌푸렸다가 홱 몸을 돌렸다.

“미친놈."

천붕호 식당에 소선개만 빼놓고 모두 모여 있다.

방금 용비는 화봉 옥연과 있었던 일을 빠짐없이 모두에게 설명해 주었다.

여태까지는 무슨 일이 생기면 몇 사람끼리만 머리를 맞대고 상의를 해서 결정을 했었다.

그러나 이제부터는 모두에게 알리고 모두의 의견을 빠짐없이 들어야겠다고 방침을 정했다. 그들을 ‘가족’ 이라고 생각하기 때문이다.

용비의 설명을 끝까지 다 듣고 난 사람들은 자신들의 의견을 분분하게 내놓았다.

가장 많이 나온 첫 번째 의견이 당장 머물 곳을 찾아야 한다는 것이었다. 당연한 일이다.

그리고 두 번째가 용화상단과의 운송 거래를 중단해서는 안 된다는 것이다.

그 일을 계속하면 매월 은자 이백만 냥의 막대한 수입이 생긴다.

여기에 있는 사람들 중에서 그만한 거액을 벌어봤거나 가져본 사람은 아무도 없다.

돈에 대한 욕심이 아니라 돈을 많이 벌면 행복해질 것이라고 단순하게 믿기 때문이다.

세 번째 의견이 화봉 옥연과의 거래를 하지 말아야 한다는 것이다.

너무 위험하고 또 지금은 그런 일까지 신경을 쓸 여유가 없다는 것이 이유다.

그렇지만 용비는 그 일, 즉 나부파에서 무량신경을 가져오는 것을 해야 한다고 생각했다.

옥연은 거래라고 말했으나 그것을 믿을 만큼 용비는 순진하지 않다.

그녀는 무량신경이 은자 삼천만 냥의 가치가 있으며 용비가 성공하면 오백만 냥을 주겠다고 했다. 그러면서 이천오백만 냥이 절약된다고도 말했다.

만약 용비가 천추문주를 비롯한 천추문 사람들에 대한 부탁을 하지 않았으면 그녀는 무량신경의 대가로 삼천만 냥을 다 주겠다고 제안했을 것이다.

말하자면 그녀는 용비의 부탁을 은근슬쩍 거래 형식으로 탈바꿈시켜 버렸으며, 그 대가로 은자 이천오백만 냥을 요구한 것이나 다름없다.

그러면서 외려 용비에게 큼직한 빚 하나를 씌워놓았다. 그것은 나중에 요긴하게 써먹을 것이 분명하다.

어쨌든 용비의 생각은 그렇다. 기우일지는 모르지만, 그래서 무량신경을 구해주는 일을 하지 않으면 옥연도 천추문의 일에 전력을 다하지 않거나 아예 하지 않을 것 같았다.

"배도 없이 무슨 수로 용화상단의 화물을 운송한다는 거야? 천붕호로 나를까?"

요조가 두 팔을 벌려 보이면서 툴툴거렸다.

혈풍도대는 용비가 남관구의 조선창에 운송선 두 척을 주문한 사실까지도 알아냈다고 했다.

그렇다면 그 배의 건조가 순조롭게 진행될 리가 없을뿐더러 설혹 배를 다 만들었더라도 무사히 천붕양행에 인도될 턱이 없다.

　더구나 용화상단의 화물은 남관구 포구에서 선적해야만 하는데 도저히 불가능하다.

　용화상단하고의 거래만은 계속해야 한다고 주장하던 사람들도 요조의 말에 착잡한 표정으로 입을 다물었다. 지금 같은 상황에서 무슨 방법이 있을 턱이 없다. 요조가 말하지 않았더라도 모두 그것을 잘 알고 있다.

　철썩. 철썩.

　잠을 이루지 못한 한정은 갑판으로 올라와 뱃전에 서서 캄캄한 먼 바다를 바라보고 있다.

　그녀의 머릿속도 복잡하고 마음은 그보다 더 복잡해서 밤바다처럼 새카맸다.

　마른하늘에 날벼락 같은 천추문의 멸문. 그리고 부친, 오라비의 실종. 뿔뿔이 흩어진 생존자들은 어디에서 무얼 하고 있을지, 또한 그들을 사냥하려고 혈안이 되어 있는 절대십천의 고수들과 하수인들. 그런 상심과 무수한 걱정 때문에 도저히 잠이 오지 않았다.

　지금으로선 그녀가 믿고 의지할 수 있는 사람은 오로지 용비뿐이다.

　화봉 옥연에게 천추문 사람들을 찾아달라고 부탁해야겠다고 생각해 낸 사람도 용비였다.

　그리고 그는 실제로 위험을 무릅쓰고 옥연을 찾아가서 부탁을 성취시키고 돌아왔다.

　만에 하나 옥연이 좋지 않은 마음을 품었다면 용비는 돌아오지 못했을 수도 있다. 그가 옥연에게 다녀온 일은 그 정도로 위험천만했다.

　그래서 한정은 그가 떠날 때 잡지 못했던 것을 그토록 후회했었던 것이다.

　그렇지만 그를 걱정하면서도 부친과 오라비, 천추문 사람들을 포기할 수가 없었다. 그런 이율배반 속에서 그녀는 또 번민해야만 했다.

　"정 매."

　그때 뒤쪽에서 수진랑의 조용한 목소리가 들렸다. 너무 생각에 골몰하느라 그녀가 가까이 다가오는지도 몰랐다.

　"언니."

　"지금 상황에서 무슨 방법이 가장 좋겠어?"

　수진랑은 한정 옆에 나란히 서서 불쑥 물었다.

　"정 매는 총명하니까 이미 어떤 방법을 세워놓았을 거야."

　수진랑의 말처럼 한정은 아까 모두 모여서 고민하고 있을 때 한 가지 방법을 생각해 냈었다. 하지만 그 자리에서는 그것을 말하기가 곤란했다.

“용화상단하고의 거래를 계속하려면 언니가 도와줘야 해.”

“내가?”

“그리고 용 공자가 무량신경을 얻으러 가는 일은 하지 않는 것이 좋겠어.”

수진랑은 한정을 걱정스럽게 바라보았다.

“용비는 이미 하기로 마음먹은 것 같아.”

“말려야 해. 내가 말릴 거야.”

“말린다고 들을 용비가 아냐.”

한정은 착잡한 표정을 지었다.

“무량신경은 나부파의 최고비전 절학이야. 그것을 탈취하려면 나부파 전체와 싸워야 할 거야. 언니는 그게 가능하다고 생각해?”

“그래?”

무량신경에 대해서 자세히 모르고 있었던 수진랑은 놀라는 표정을 지었다.

한정은 강경했다.

“그건 자살행위야. 용 공자를 죽으라고 보낼 수는 없어. 그러니까 무슨 수를 써서라도 말릴 거야.”

수진랑은 고개를 끄덕였다.

“나도 도울게.”

“그러면 각주께서 천추문 사람들을 찾지 않을 것이오.”

그때 갑자기 난간 아래쪽에서 남자의 목소리가 들렸다.

두 소녀가 깜짝 놀라서 아래를 굽어보니 그곳 유엽선에 연충이 팔베개를 하고 반듯하게 누워 있지 않은가. 그가 거기에 있을 줄은 생각하지 못했다.

수진랑은 연충을 보며 냉랭하게 물었다.

"무슨 뜻이지?"

"용 형이 나부파에 가겠다고 결정했다면 아마 각주의 의도를 알아차렸기 때문일 것이오."

연충은 한쪽 무릎을 세우고 다리를 그 위에 얹어 가볍게 흔들어댔다.

"불초가 각주가 아니라서 자세히는 모르겠지만……."

"똑바로 말하지 않으면 죽여 버리겠다."

"어이쿠! 살려주십쇼, 소저."

수진랑이 화를 내자 연충은 벌떡 일어나서 그녀에게 두 손을 모으고 애원하듯 굽실거렸다.

"에또… 그러니까 불초의 말인즉 용 형과 각주는 일종의 거래를 했다는 것이오. 각주가 천추문 사람들을 찾아서 구해 주는 대신에 용 형은 나부파에 가서 무량신경을 가져오는 것이오. 그러니까 용 형이 나부파에 가지 않겠다면 각주도 천추문 사람들을 찾지 않을 것이 분명하오."

"불여우 같은 계집년."

수진랑은 이를 갈 듯이 중얼거렸다.

연충은 어색한 표정으로 손을 저었다.

"그래도 불초가 모시는 주군이신데 그런 욕을 하면 듣기가 민망하오."

그는 수진랑을 보다가 갑자기 화들짝 놀라며 두 손으로 얼굴을 가렸다.

"으왓!"

"무슨 일이냐?"

수진랑은 그가 암습을 당해서 얼굴을 다쳤을지도 모른다는 생각에 어깨의 검파를 잡으면서 급히 주위를 둘러보았다.

연충은 얼굴에서 손을 떼며 너스레를 떨었다.

"어이구. 소저의 아름다움이 너무 눈부서서 불초의 눈이 멀어버리는 줄 알았소이다. 정말 큰일 날 뻔했소."

수진랑의 얼굴이 와락 일그러졌다. 하지만 한정은 너무 우스워서 손으로 입을 가리며 훗! 하고 웃음을 터뜨렸다.

"정 매……."

수진랑이 웃는 한정을 흘겨보자 연충이 과장된 몸짓으로 두 손을 모으고 찬탄했다.

"오오! 소저가 눈을 흘기니까 얼굴 앞의 칼이 초승달처럼 휘어지는구려. 진정 아름답소이다."

"아하하하!"

한정은 결국 참지 못하고 웃음을 터뜨렸다.

"지금 웃음이 나와?"

수진랑의 힐책에 한정은 웃음 때문에 흘린 눈물을 닦으며 사과했다.

"미안해요."

연충이 제안을 했다.

"불초를 그곳에 올라갈 수 있게 허락한다면 좋은 방법을 가르쳐 드리겠소."

"올라오세요."

수진랑이 뭐라고 하기도 전에 한정이 허락했고, 그 말이 끝나기도 전에 연충은 번쩍 솟구쳐서 두 소녀 옆에 사뿐히 내려섰다.

"오오, 이렇듯 가까이에서 소저를 보니까……."

척!

"쓸데없는 소리를 지껄인다면 골통을 단칼에 두 쪽으로 쪼개 버리겠다."

수진랑은 당장에라도 검을 뽑을 듯한 자세를 취하며 싸늘하게 중얼거렸다.

"소저에게 죽는 것도 영광이겠으나 아직은 죽을 때가 아니라서 사양하겠소."

연충은 엄숙한 표정으로 손을 젓고는 한정에게 말했다.

"그럼 무량신경을 얻는 방법에 대해서 설명하겠소."

슥!

"읽어봐."

느닷없이 소선개가 용비에게 와서 서너 장의 종이를 탁자에 내려놓았다.

용비는 종이에 괴발개발 삐뚤삐뚤 쓴 글씨를 묵묵히 읽다가 뜻밖이라는 표정을 지었다.

거기에는 혈풍도대 여덟 명에 대해서 이름과 별호, 무공 따위 등이 자세히 적혀 있었다.

"네가 필요할 거 같아서 그년에게서 알아낸 거야."

소선개는 초췌한 얼굴에 보일 듯 말 듯 미소를 지었다. 용비가 혈풍도대에게 이를 갈고 있을 것이라 짐작하고는 조오에게 혈풍도대에 대해서 알아낸 것이다.

그렇다고 고문을 하지는 않았다. 무공마저 폐지되고 하루 종일 얻어터지기만 하는 조오는 그저 묻는 대로 술술 다 대답했다.

"고맙다."

용비의 말에 소선개는 어색한 표정을 지으며 머리를 긁는 듯하더니 방을 나갔다.

그가 나가고 얼마 있지 않아서 한정과 수진랑, 연충이 함께 방으로 들어왔다.

"용 공자, 이분의 말을 한번 들어보세요."

한정이 연충을 가리켰다.

용비는 소선개가 준 종이의 내용을 다 외웠기에 손안에 구겨서 쥐고 의자에서 일어났다.

"가면서 듣기로 하지."

그가 밖으로 나가자 세 사람은 우르르 뒤따랐다.

"용 공자, 어딜 가시려는 건가요?"

"잠시 다녀올 곳이 있소."

그는 천붕호에서 곧장 유엽선으로 뛰어내렸고 연충도 뒤따라 뛰어내렸다.

연충은 유엽선을 몰고 출발하자는 용비의 의도를 짐작하고 즉시 유엽선의 밧줄고 풀고 노를 젓기 시작했다.

"나도 가자."

유엽선이 천붕호에서 오 장쯤 멀어지고 있을 때 천붕호에서 수진랑이 난간을 딛고 유엽선을 향해 신형을 날렸다.

그러나 유엽선이 빠르게 멀어지고 있는 상황이라서 수진랑은 물에 빠질 수밖에 없는 상황이다.

팡팡팡!!

갑자기 연충이 반대 방향으로 노를 저었다. 아니, 노에 공력을 실어서 수면을 세차게 두드렸다. 그러자 유엽선이 빠른 속도로 되돌아가기 시작했다.

탁!

수진랑의 발끝이 아슬아슬하게 유엽선 난간에 닿았다.

그때 용비가 빠르게 다가서며 그녀에게 손을 내밀었다. 수진랑은 잡아주려는 것인 줄 알고 마주 손을 내밀어 그의 손을 잡았다.

휙!

"아!"

그런데 용비는 수진랑의 손을 잡자마자 그녀를 허공에서 한 바퀴 돌리더니 천붕호를 향해 가볍게 집어 던졌다.

"뭐하는 짓이야?"

수진랑은 날아가면서 용비를 돌아보며 외쳤다.

연충은 용비가 무엇 때문에 그러는지 알아차리고 즉시 원래대로 노를 저었다.

천붕호에 내려선 수진랑은 멀어지고 있는 유엽선을 향해 주먹을 휘두르며 소리 질렀다.

"야! 당장 배 안 돌려?"

연충은 노 젓기를 멈추고 일어나서 손가락으로 자신의 코를 가리켰다.

"불초 말이오?"

"그래, 너! 빨리 돌아와라!"

"배 돌리면 불초하고 사귀시려오?"

"알았다! 어서 배 돌려!"

다급한 수진랑이 아무렇게나 대답하자 연충은 입이 귀까지 찢어지게 좋아하면서 배를 돌리려다가 용비의 무표정한 얼굴을 발견하고 움찔했다.

"하하! 아무래도 그냥 가는 게 좋겠지요?"

연충은 얼굴이 벌게져서 어색하게 웃으며 그냥 냅다 노를 저었다.

수진랑은 멀어지는 유엽선을 쏘아보며 이를 뽀도독 갈았다.

"저놈을 절대로 살려두지 않겠어."

"누구? 용 공자를?"

한정이 묻자 수진랑은 질겁했다.

"큰일 날 소리!"

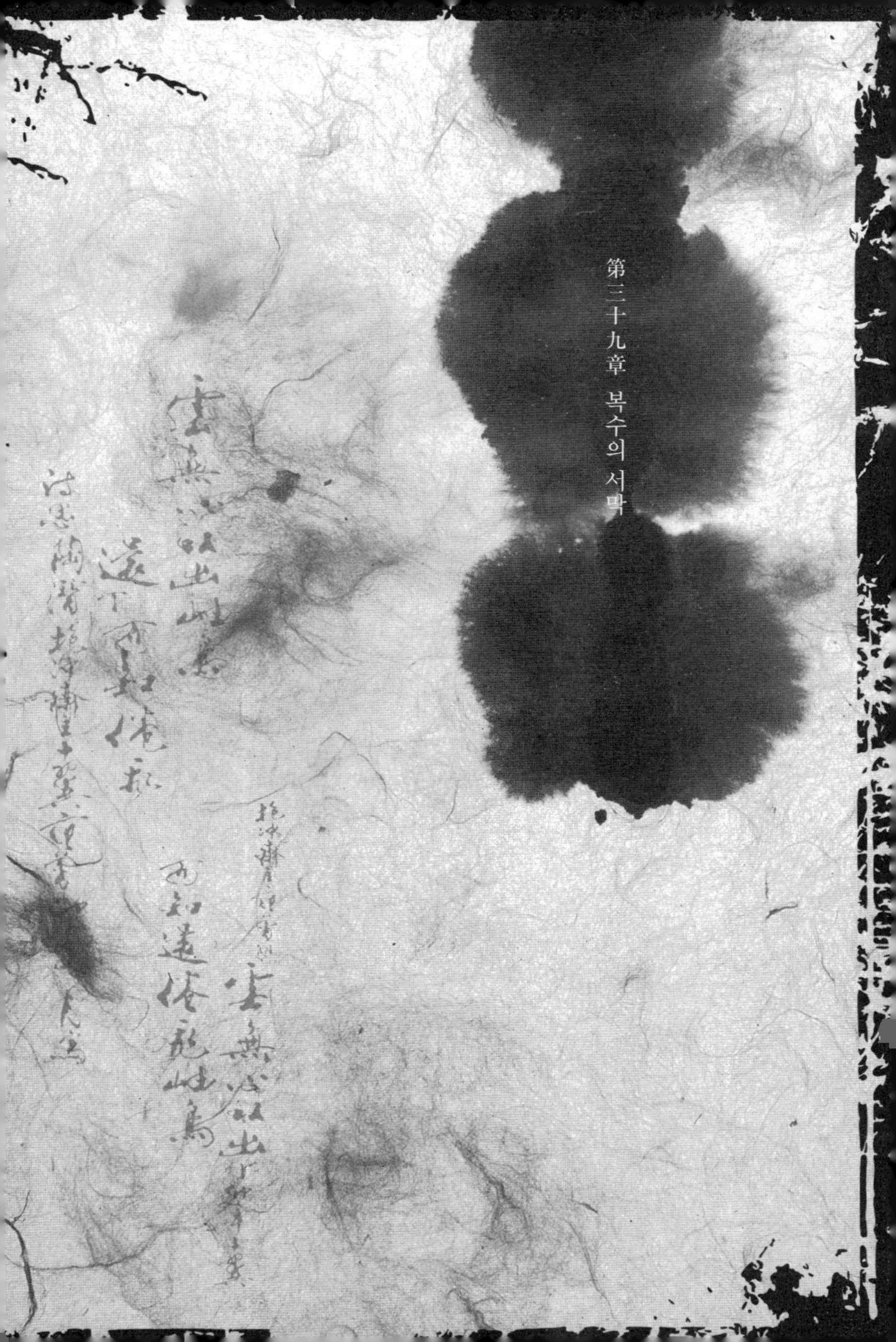

第三十九章 복수의 서막

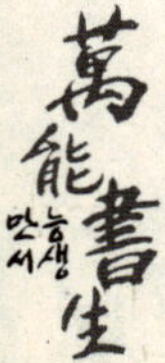

동해 쪽에서 동이 터오고 있었다. 먼 바다 끝이 핏빛으로
붉게 물들면서 신비한 광경을 만들어냈다. 유엽선에 서 있는
용비와 연충도 핏빛으로 물들었다.

"어디로 가오?"

"항주."

"에?"

넓은 바다로 나와서 노를 내려놓고 돛을 펴던 연충은 깜짝
놀라서 동작을 멈추고 용비를 쳐다보았다.

"위험하지 않소?"

용비는 대답하지 않았다. 연충은 잠시 복잡한 표정으로 그를 쳐다보다가 돛을 펴고 전당강 하구 쪽으로 방향을 잡고 나아갔다.

그는 용비의 말에 무조건 따르라고 총기주 군영에게 명령을 받았다.

"항주에 무엇 때문에 가오?"

그러나 질문을 하지 말라는 명령은 받지 않았다.

"혈풍도수 몇 놈 죽일 생각이오."

용비가 처해 있는 상황에 대해서 대충 알고 있는 연충은 적잖이 놀라는 표정을 지었다.

현재 상황에서는 혈풍도대를 피해 다녀도 시원치 않은데 오히려 적진 한가운데로 잠입해 들어가서 혈풍도수들을 죽이겠다는 것이다.

어이없다는 표정으로 쳐다보고 있는 연충에게 용비는 한술 더 떴다.

"도와주겠소?"

연충은 천성적으로 해맑고 명랑하며 긍정적인 성격이다. 잠시 놀라기는 했으나 곧 빙그레 미소 지으면서 고개를 끄덕였다.

"해봅시다. 어떻게든 되겠지."

용비는 유엽선 앞머리에 우뚝 서서 세찬 바람에 옷자락을 펄럭이며 서북쪽 항주가 있는 곳을 주시했다.

그는 혈풍도대에게 당할 만큼 실컷 당했다. 그러다가 천추문의 멸문 소식을 듣고는 더 이상 견딜 수 없을 만큼 절망하고 또 분노하는 지경에 이르렀다.

무엇보다도 한정의 비통해하는 모습을 보는 것이 가장 괴로웠다.

이 모든 일은 용비 자신 때문에 일어났다. 그로 인해서 천추문이 멸문하고 수백 명이 죽었으며 더 많은 사람들이 뿔뿔이 흩어져서 쫓기고 있는 것이다.

한정은 그토록 절망하고 슬퍼하면서도 조금도 용비를 원망하지 않았다. 오히려 그를 걱정해 주었다. 그것이 용비를 더욱 아프게 했다.

그런데도 용비는 그런 그녀를 위해서 해줄 것이 없어서 참담한 심정이었다.

소선개가 조오에게 알아낸 혈풍도대에 대한 정보를 봤을 때 용비의 가슴속에 꾹꾹 눌러두었던 복수심이 마침내 터져나왔다. 더 이상 참을 수가 없었다.

지렁이도 밟으면 꿈틀거린다는 것을 혈풍도대에게 똑똑히 보여주고 싶었다.

절대십천 같은 것은 모른다. 알고 싶지도 않다. 단지 혈풍도수 몇 놈을 죽임으로써 속이 후련해지고 또 절대십천에게 경종을 울려주고 싶은 마음이다. 우릴 건드리면 이렇게 된다, 라는 것을 말이다.

　병시(丙時:오전 11시) 무렵. 항주 성내.
　평범한 경장 차림의 두 사내가 복잡한 번화가를 나란히 걸어가고 있다.
　한 명은 연충이고 다른 한 명은 시커먼 구레나룻을 기른 호리호리한 체구의 청년이다. 그는 용비이며 연충의 도움을 받아서 변장을 한 모습이다.
　인피면구를 쓰거나 역용을 하지는 않았다. 단지 수염을 붙이고 얼굴에 주름처럼 보이려고 미세한 숯검정을 묻혔을 뿐인데 완전히 딴 사람으로 변했다.
　얼마 전까지 용비가 주름잡고 다니던 이 번화가 거리에서도 그를 알아보는 사람은 아무도 없었다. 반대로 용비는 그들을 다 알아볼 수 있었다.
　두 사람은 항주 성내에서 가장 크고 유명한 주루 겸 객잔인 보벽림으로 들어갔다.
　소선개가 조오에게서 알아낸 정보에 의하면 혈풍도대 여덟 명은 보벽림 객잔에 묵고 있다고 했다.
　용비는 호랑이를 잡으려면 호랑이굴로 들어가야 한다고 생각했다. 그래서 보벽림으로 왔다.

보벽림은 항주의 상류층만 드나드는 곳이라서 손님들은 모두 비까번쩍한 차림이었다.

용비와 연충은 입구 가까운 곳에 자리를 잡았다. 입구 근처라고 해도 보벽림의 자리는 전부 칸막이가 되어 있기 때문에 자리를 잡고 앉아 있으면 오가는 사람들 눈에 일체 띄지 않는다.

두 사람이 간단한 요리와 술을 주문하고 얼마 지나지 않았을 때 산뜻한 황의 유삼 차림의 청년 한 명이 들어와 두리번거리다가 연충이 손짓을 하자 다가와 마치 친숙한 사이처럼 서슴없이 자리에 앉았다.

유삼청년은 연충의 심복수하이며 이름은 정도학(鄭道學)이다. 그는 자리에 앉자마자 용비에게 포권을 하며 자기소개부터 했다.

사실 연충은 항주에 들어오기 전에 정도학을 불러서 몇 가지 지시를 내렸었다.

용비가 불러준 혈풍도수 여덟 명의 인상착의를 깨끗하게 다시 적어서 정도학에게 주며 그들의 행적을 알아내고 또 감시하라는 것이었다.

또한 절대십천에서 새로 온 인물들이 어디에 있는지, 풍운방 고수들이 주로 무엇을 하고 있는지 같은 것들을 알아오라고 했다.

“여기에 자세히 적었습니다.”

연충은 정도학이 내민 몇 장의 종이를 보지도 않고 용비에게 건네주었다.

용비는 종이를 천천히 꼼꼼하게 처음부터 끝까지 다 읽고 외운 후에 다시 연충에게 주었다.

종이에는 혈풍도대 여덟 명 중에서 다섯 명에 대해서만 적혀 있었다.

혈풍도대 제팔조장은 신룡보에 있고, 나머지 네 명은 여기저기에 흩어져 있다고 했다. 그런데 그중 한 명이 현재 이곳 보벽림에 있다는 것이다.

또한 절대십천에서 새로 내려온 옥소염백 부부와 영림부 사십팔 명이 어디에서 무엇을 하고 있는지도 종이에 적혀 있었다.

아까 용비와 연충은 유엽선을 타고 전당강으로 들어와 남관구 포구를 그냥 지나쳐서 십여 리쯤 더 거슬러 올라 오운사(五雲寺) 쪽으로 흐르는 남수하(濫洙河)를 타고 서호로 들어와 곧장 이곳으로 왔었다.

그때 남수하에서 정도학을 만나 명령을 내렸었는데 불과 두어 시진 만에 혈풍도수 다섯 명과 절대십천에서 새로 도착한 고수들의 행방을 자세히 알아갖고 온 것이다.

화봉각의 정보망이 개방 항주 분타를 능가한다더니 과연

그 말이 실감이 났다.

[이제 어떻게 할 거요?]

연충은 탁자에 차려진 요리를 맛있게 소리를 내면서 먹으며 전음으로 물었다.

그의 그런 행동은 용비가 하려는 일보다 먹는 것이 더 중요한 듯이 보였다.

용비는 대답하지 않고 생각에 잠겼다. 조금 전에 정도학이 전해준 정보를 머릿속으로 검토하고 있는 것이다.

그는 자신이 항주 성내에 오래 머물 수 없다는 것과 이런 기회를 다시 만들기가 어렵다는 것을 안다.

그러므로 단시간에 가장 치명적인 희생을 놈들에게 안겨 줘야만 한다.

우선 보벽림 객잔에 있는 한 놈부터 처리하기로 결정했다. 그를 죽이면 시체는 동료들이 돌아와서야 발견될 것이고, 동료들은 저녁이 되어야 돌아올 터이다. 그전까지는 시간이 있으니까 다른 일을 할 수가 있다.

용비는 보벽림 건물 뒤로 돌아서 숙수와 하인, 점소이들의 숙소로 갔다.

마당에 많은 사람들이 저마다 일을 하고 있으며 또한 오고 가지만 제집인 양 태연하게 들어서는 용비를 눈여겨보는 사람은 없었다.

그는 마당의 한 구석에 있는 한 채의 허름한 건물의 바깥쪽으로 난 나무계단을 올라가 낭하식의 복도를 따라 걸었다.

복도 한쪽에는 여러 개의 문이 줄줄이 이어져 있는데 하인과 점소이의 숙소다.

이곳은 용비가 많이 와봤던 곳이다. 천추문에 외겸인으로 들어가기 전 두어 달 동안 그는 보벽림에서 잡일을 돕기도 했었다.

그것 때문은 아니지만 그는 보벽림의 주방에서 일하는 사람부터 하인, 숙수, 점소이까지 모두 다 잘 알고 있다. 그들 역시 성내 밑바닥 인생들이기 때문이다.

척!

용비는 다섯 번째 문을 거침없이 밀고 안으로 들어갔다. 그 방은 보벽림 점소이 장칠(張七)의 숙소다. 그의 기억은 틀림없다.

용비는 아까 보벽림 주루에서 장칠을 찾아보았으나 없었다. 그렇다는 것은 그가 정오부터 근무라서 지금쯤 준비하고 있을 것이라고 짐작했다.

"누구냐?"

머리에 물을 발라서 빗어 넘기며 한껏 멋을 내고 있던 장칠이 불쑥 들어서는 용비를 보며 대수롭지 않은 듯 물었다. 동료라고 생각한 모양이다.

"어? 누… 구십니까?"

그러다가 전혀 낯선 사람인 것을 발견하고 버쩍 얼어서 뒷걸음쳤다.

그는 얼굴이 반반한 것을 무기로 주루에 드나드는 돈 많은 여자를 후리는 것을 부업으로 삼고 있다.

지금도 용비를 자신이 후려서 정사를 해주는 대가로 용돈을 받고 있는 여자의 남편 정도로 착각하고 겁을 집어먹은 것이다.

"나다."

"누구…… 아!"

장칠은 목소리가 귀에 익다는 것을 먼저 깨닫고 그다음에 용비가 변장을 했다는 것을 깨달았다.

용비는 사우당 일을 하면서 변장을 자주 했었기에 생소한 일이 아니다.

"너… 용비구나."

"그래."

장칠은 반갑게 다가와 용비의 손을 잡으며 대뜸 물었다.

"무슨 일이야? 내가 도울 일이라도 있는 거냐?"

그는 자신이 용비를 도울 수 있게 되기를 원하는 것처럼 말했다. 사실 그는 예전에 용비에게 여러 번 신세를 진 적이 있었다.

그가 후린 여자들의 남편이나 가족들에게 봉변을 당하게 된 것을 용비가 해결해 준 것이 한두 번이 아니었다.

장칠뿐만이 아니다. 항주 성내에는 용비에게 신세를 진 사람들이 꽤 많다. 그러나 그들은 대부분 밑바닥, 즉 하층민들이다.

기회는 생각보다 빨리 찾아왔다.

정오가 반 시진쯤 지났을 때 보벽림 오층 객잔에 있는 혈풍도수가 점심식사를 주문했다. 자신이 묵고 있는 방에서 먹을 테니까 갖고 오라는 뜻이다.

삼층 계단 중간에서 기다리고 있던 용비는 장칠에게서 점심식사가 담긴 쟁반을 받아 들었다. 물론 그는 장칠에게 빌린 점소이 복장으로 갈아입은 상태다.

그가 장칠 대신 점소이인 체하고 혈풍도수에게 식사를 갖다 주려는 것이다.

그가 이렇게 공을 들이는 데는 다 이유가 있다. 무작정 혈풍도수의 방문을 열고 들어가서 공격을 퍼부을 수는 없기 때문이다.

그자가 무엇을 하고 있는지 전혀 모르는 상황에서 무작정 공격한다는 것은 불가능하다.

혈풍도수에게 반격할 기회라도 주어지면 난리가 벌어질 것이고 결국 그자 하나 죽이는 것으로 끝내야만 한다.

그러고도 무사히 항주를 빠져나가지 못하고 필사의 도주를 하게 될 것이다.

그자가 점심식사를 주문했고 점소이로 변장한 용비가 식사를 들고 방에 들어가면 의심하지 않을 것이다.

"야, 그거 떼어내."

쟁반을 받고 돌아서려는데 장칠이 용비의 턱을 가리키면서 속삭였다.

구레나룻에 수염까지 덥수룩하게 기른 점소이는 없다. 용비는 계단을 올라가면서 수염과 구레나룻을 떼어 품속에 집어넣었다.

장칠은 용비가 무엇 때문에 이런 부탁을 하는 것인지 모르지만 알고 싶어 하지도 않았다. 그냥 용비의 부탁이니까 들어주는 것뿐이다.

"나리, 식사입니다."

점소이를 해본 적이 있는 용비는 혈풍도수가 묵고 있는 방문 앞에서 한껏 공손한 목소리로 말했다.

"들어와라."

안에서 탁한 목소리가 흘러나왔다. 단지 느낌일 뿐인데 착 가라앉고 혀가 안으로 말려들어간 듯한 목소리로 미루어 침상에 누워 있는 것 같았다.

용비는 쟁반을 한 손으로 받쳐 들고 다른 손으로 문을 열고 들어갔다.

그는 안에 있는 자가 혈풍도대 여덟 명 중에서 누구인지 모르고 있다. 하지만 직접 보게 되면 소선개가 준 정보를 바탕으로 알 수 있을 것이다.

그의 짐작대로 한 사내가 안쪽 침상에 반듯한 자세로 누워 있었다.

천장을 노려보고 있으며 매우 화가 난 듯한 표정으로 용비를 쳐다보지도 않고 중얼거렸다.

"탁자에 놓고 나가라."

그는 아침에 조장 유혼도에게 꾸중을 들었다. 그것 때문에 기분이 나빠져서 데굴거리고 있는 것이다.

탁자는 침상 옆에 있다. 탁자와 침상의 거리는 일 장 남짓. 탁자에 쟁반을 놓자마자 공격을 가하면 꼼짝없이 당하고 말 것이다.

용비는 침상에 누워 있는 사내에게서 시선을 떼지 않으면서 탁자로 다가갔다.

소선개가 준 정보에 의하면 침상에 누워 있는 자는 혈풍도대 제팔조 칠 위인 능소(凌蘇)라는 자가 분명했다.

슥.

용비는 능소라고 짐작되는 자를 단 일격에 쳐 죽이겠다는 생각만 골똘하게 하면서 그를 쏘아보며 천천히 쟁반을 탁자에 내려놓았다.

그런데 그때 갑자기 누워 있던 능소가 머리맡의 도를 집으면서 벼락같이 용비에게 덮쳐 왔다.

"웬 놈이냐?"

쐐액!

능소가 침상에서 몸을 날려 도를 휘둘러 용비의 정수리를 쪼개어오는 것은 찰나지간에 일어난 일이다. 거리가 너무 가까웠다.

용비가 급습을 가하기에 최적이지만, 반격을 당하기에도 최적의 거리였다.

쟁반을 탁자에 내려놓고 있던 용비의 머릿속에 의문이 생겼다. 대체 능소가 어떻게 암습을 눈치챘다는 말인가. 용비는 어떤 행동도 취하지 않았다.

공격을 당하고 있는 그 순간에도 어떻게 피할 것인가보다는 그런 생각이 불쑥 들었다.

그러면서도 용비는 본능적으로 탁자에 내려놓으려던 쟁반을 다시 잡았다.

탁자에 놓을 경우 능소가 도로 탁자를 쪼개면 쟁반이 엎어지면서 요란한 소리를 낼 것이기 때문이다.

그러고는 호신도에서 대신에게 배운, 아니, 대신과 함께 연마했던 수많은 수법 중 하나에 몸을 맡겼다.

스우.

순간 용비의 몸이 뒤쪽 허공으로 바람에 꽃잎이 날리듯이 밀려갔다.

수면에 떠 있는 가벼운 물체 근처에서 파문을 일으키면 물체가 밀려가는 듯한 모습이었다.

그것은 호투신박의 수백 가지 놀라운 수법 가운데 하나로 상대의 공격이 일으키는 파장(波長)에 몸을 맡겨서 피하는 것이다.

그 누구라도 공격을 가하면서 파장을 일으키지 않을 수는 없다. 즉, 상대의 공격이 바람이라면 용비는 한 조각 꽃잎인 셈이다.

쩍!

능소의 도가 탁자를 무를 베듯 두 조각으로 잘랐다.

후우.

뒤로 물러났던 용비는 그 순간 둥실 허공으로 떠올라 천장을 등진 자세로 능소 머리 위에 이르렀다. 눈 깜짝할 사이에 일어난 일이다.

능소는 탁자를 쪼개는 순간에 용비를 놓치고 말았다. 당연히 그의 정수리를 쪼갤 수 있을 것이라고 예상했다. 그런데 그를 죽이지 못했을뿐더러 그의 모습을 잃어버렸다. 어디로 사라졌는지 모른다. 싸움에서 최악의 상황이 그에게 일어난 것이다.

파아—

용비는 왼손에 쟁반을 쥔 상태에서 아래를 향해 오른손으로 현무공기를 뿜어냈다.

퍼어.

능소는 머리 위에서 흐르는 미약한 소리에 다급히 고개를 돌려 위를 쳐다보다가 얼굴 옆면에 현무공기가 정통으로 적중되었다.

능소는 위를 쳐다보려고 눈동자가 한껏 오른쪽 끝으로 향한 상태에서 얼굴이 얼어버렸다.

슈욱!

용비는 추락하는 능소보다 더 빠른 속도로 하강하면서 오른손을 뻗어 그의 어깨를 붙잡았다. 그가 바닥에 떨어지면서 요란한 소리를 낼 것을 우려한 것이다.

그와 동시에 쪼개져서 양쪽으로 쓰러지고 있는 두 쪽의 탁자 밑부분 가장자리를 왼발로 번갈아 가볍게 걸어차 올렸다.

삿.

그가 바닥에 내려섰을 때 탁자는 원래의 모습으로 돌아갔다. 단지 가운데 직선으로 잘린 자국이 남았을 뿐이다. 또한 그의 손에는 능소가 붙잡혀 있었다.

그는 능소를 침상에 똑바로 눕히고 꽁꽁 얼어붙은 머리에서 현무공기를 뽑아냈다.

능소는 눈동자가 오른쪽 끝으로 돌아가고 입을 약간 벌린 상태에서 죽었다. 현무공기에 적중되는 순간 숨이 끊어져 있었다.

용비는 그를 물끄러미 굽어보면서 방금 전에 그가 어떻게 급습을 알아차리고 반격을 가한 것인지에 대해서 생각해 보았다.

'내게서 살기가 발출된 것인가?

잠시 생각 끝에 그런 결론을 얻었다. 그것밖에는 생각할 수 있는 것이 없다.

상대를 죽이겠다는 생각을 한다는 것은 몸이 그런 자세를 갖추고 또한 공력을 끌어 올리는 것이다. 그것이 어떤 기도로써 밖으로 표출되는 것 같았다.

용비는 능소의 도를 원래대로 그의 머리맡에 놓은 후에 쪼개진 탁자를 갖고 나가서 다른 방의 탁자와 바꿔다가 갖다놓았다.

용비는 장칠의 숙소로 돌아가서 원래의 경장으로 갈아입고 수염을 붙인 후에 골목 밖을 통해서 거리로 나왔다가 보벽림 일층 주루로 들어갔다.

혼자 기다리고 있던 연충은 불룩한 배를 쓰다듬으면서 맞은편에 앉는 용비를 쳐다보았다.

[어떻게 됐소?]

'능소라는 놈이었소. 해치웠소.'

용비의 말이 머릿속에서 울리자 연충의 눈이 커졌다. 그는 두 가지 때문에 놀랐다.

불과 일각 남짓한 사이에 용비가 혈풍도수 한 명을 죽이고 왔다는 것 때문이고, 또 하나는 그가 말을 전하는 방법이 전음입밀이 아니라는 것 때문이었다.

전음입밀은 입속에서 웅얼거리는 목소리를 공력으로 쏘아 보내 상대의 고막을 울리는 방식이다.

그런데 방금 용비의 목소리는 고막이 아니라 머릿속에서 울렸다.

그것은 그가 호신도 속의 대신하고 영적으로 교감을 할 때 사용했던 방법이다.

그런데 방금 전 연충의 물음에 무의식중에 튀어 나왔다. 즉, 현실에서도 사용할 수 있다는 뜻이다.

연충은 배가 불러서 나른했었는데 용비의 말에 정신이 번쩍 들어 자세를 똑바로 했다.

[정말 그를… 능소라는 자를 죽였소?]

용비는 가볍게 고개를 끄덕였다.

[다음 계획은 뭐요?]

'옥소염백이라는 부부를 아직도 감시하고 있소?'

용비의 말이 연충의 머릿속에서 작은 방울처럼 울렸다.

연충은 움찔했다.

[설마… 그들을 죽이려는 것이오?]

'그렇소.'

[안 되오. 그만두시오.]

'그들을 죽이면 안 되는 이유라도 있소?'

연충은 고개를 절레절레 가로저었다.

[옥소염백에 대한 소문도 듣지 못했소?]

'못 들었소. 그들이 누구요?'

용비는 옥소염백이 항주에 내려온 절대십천 인물들 중에서 최고 지위인 절대사령이라는 것만 알고 있다.

그래서 조금 전에 능소를 죽인 직후에 옥소염백을 죽여야겠다고 결정했다.

혈풍도수를 모조리 죽이는 것보다 옥소염백을 죽이는 것이 더 큰 효과가 있을 것이기 때문이다.

용비는 능소까지 죽이고 나자 대신에게 배운 호투신박과

삼원심공 사공기에 어느 정도 자신이 생겼다.

처음에 혈풍도수 백연을 상대할 때보다 그다음에 상대한 조오 때 용비는 더 고강해졌다.

그런데 조금 전에 능소를 죽일 때는 조오 때보다 곱절은 더 고강해진 것을 직접 실감했다.

혈풍도대는 절대육령이고 옥소염백은 절대사령으로 두 단계 더 높다고 하지만 용비는 그들 부부를 죽일 자신이 있다.

아니, 자신이 있느냐 없느냐를 떠나서 반드시 그들을 죽여야만 한다.

그래서 절대십천에 경종을 울려 다시는 용비 자신과 한정 등 동료들을 핍박하지 않기를 원했다.

연충은 매우 진지하고 심각한 표정을 지으며 용비를 주시했다. 용비는 그를 만난 이후 지금처럼 심각한 표정을 짓는 것을 처음 보았다.

[옥소염백은 옥소군과 염백랑을 말하는데, 원래 옥소군은 무당파 장문인의 막내사제요. 즉, 무당파의 장로인 것이오. 그리고 염백은 아미파 장문인의 수제자였소.]

용비는 무당파와 아미파가 무림의 태산북두인 구파일방에 속하며, 그 두 문파의 무공이 절세적이라는 것을 여러 사람에게 들어서 알고 있는 정도다.

[무당파는 도가이고, 아미파는 불가요. 두 문파에서는 금욕(禁慾)을 문규로 정하고 있소. 그런데 옥소군과 염백랑은 사랑하는 사이가 됐으며 나중에는 혼인까지 하여 각각 무당파와 아미파에서 파문을 당했소.]

이후 두 사람은 절대십천에 가입했다. 그곳에서 두 사람이 맡은 일은 천하를 주유하면서 각 지방의 분란을 조정하는 것이었다.

두 사람은 가는 곳마다 분란을 깨끗이 해결하고 종식시켜서 더 이상 시끄럽지 않게 만들었다.

그들의 능력은 탁월했다. 어느 곳을 가든, 어떤 분란을 만나든 어김없이 해결했다.

그들의 해결 방법은 간단했다. 분란을 일으킨 자들을 모두 죽여 버리는 것이었다.

누가 잘했고 잘못했는지를 따지지 않고 단지 분란을 일으켰다는 이유만으로 양쪽 모두 죽였다.

분란에 가담한 사람이 열 명이면 열 명을 죽였으며 백 명이면 백 명 모두 죽였다.

옥소염백에 대한 원성이 자자했으나 누구도 불만을 터뜨리지 못했다.

그러면 그 사람도 죽었다. 물론 옥소염백이 죽였다. 기분이 나쁘다고 죽이고, 기분이 좋으면 또 죽였다.

이래도 죽이고 저래도 죽였다. 한마디로 그들은 살인에 굶주린 살인귀였다.

더구나 옥소염백은 절대십천의 해결사다. 뉘라서 감히 그들을 규탄하겠는가.

옥소염백이 가는 지역은 곧 잠잠해졌으며, 나중에는 그들이 도착하기도 전에 분란을 일으킨 당사자들끼리 알아서 분란을 해결하고 마무리 지었다. 죽지 않기 위해서다.

무당파와 아미파 출신인 옥소염백이 이 년여 동안 죽인 사람은 무려 삼백여 명에 달했다.

두 사람의 악명, 아니, 살명(殺名)은 천하에 파다해졌으며 그와 비례하여 절대십천 내에서는 지위가 승승장구 오르더니 오 년여 만에 절대사령에 오르게 된 것이다.

[그래도 죽이겠소?]

연충은 용비에게 옥소염백의 무서움에 대해서 자세히 설명을 해주고 나서 물었다.

용비는 수염을 매만졌다.

'죽일 놈이로군.'

[죽일 수 있겠소?]

'해보겠소.'

연충은 무슨 말로도 용비를 말릴 수 없다는 사실을 깨달았다. 그래서 그를 설득하는 것을 곧 포기하고 턱을 당기면서 물었다.
　[내가 어떻게 도우면 되겠소?]
　‘그들 부부가 사람이 없는 곳에 이르면 알려주시오.’

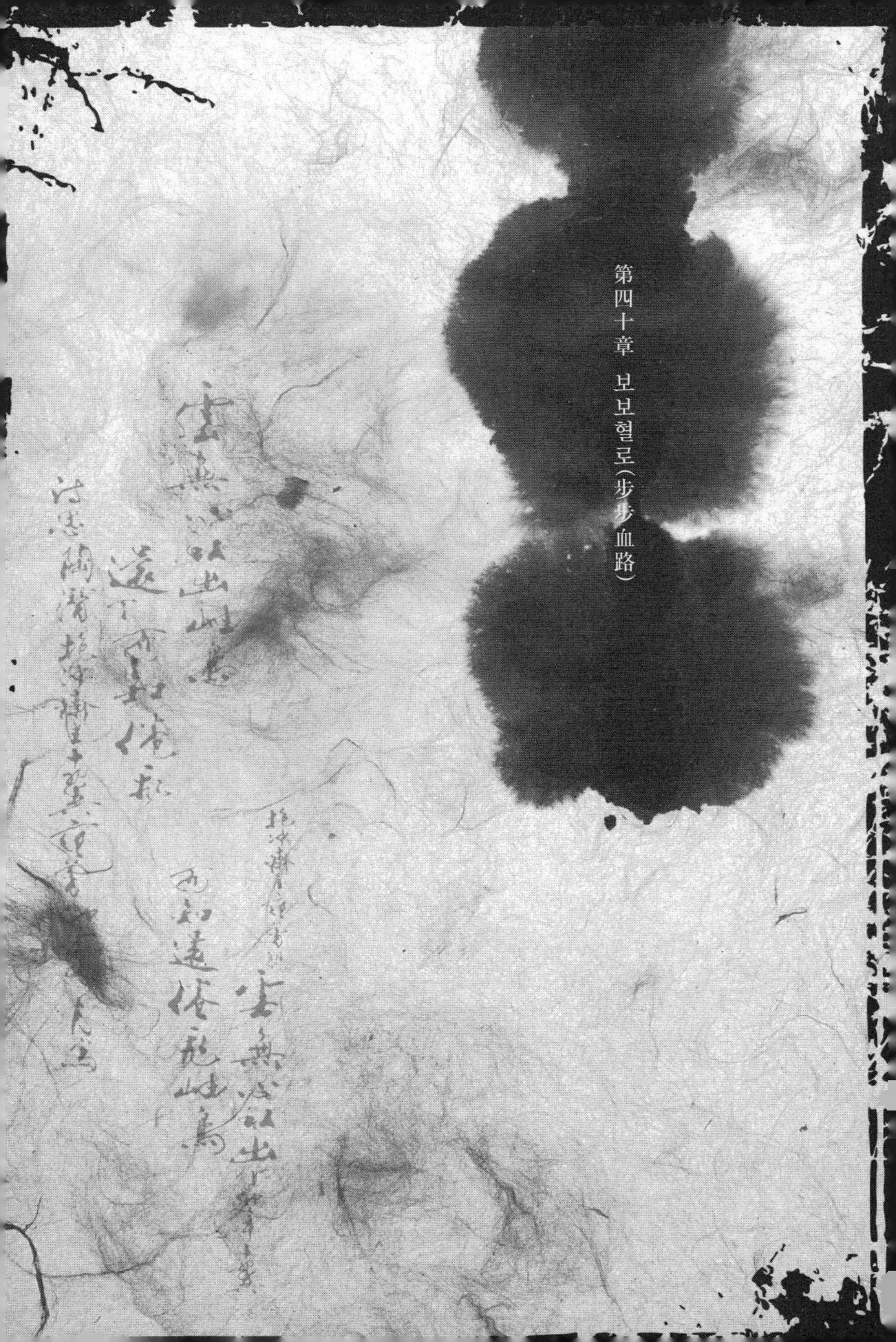

第四十章 보보혈로(步步血路)

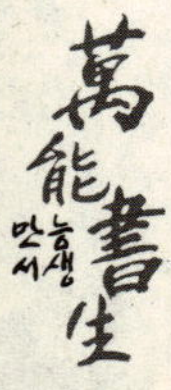

용비는 옥소염백 부부를 죽일 때는 사신검을 사용해야겠
다고 마음먹었다.

그리고 둘 중 하나만 죽여도 성공이라고 생각했다. 사실 그
는 자신의 실력이 아직 옥소염백을 죽일 정도는 아니라고 스
스로 판단했다.

하지만 그에게는 몇 가지 유리한 점들이 있는데 그중 첫 번
째가 사신검을 지니고 있다는 사실이다.

그리고 용비는 어둠 속의 창이다. 어둠 속에 감춰져 있는
창이 밝은 곳에 드러나 있는 표적을 찌르는 것은 그 무엇보다

도 유리하다.

마지막으로 용비는 이곳 본토박이다. 어디에 무슨 바위가 있고 어느 곳에 어떤 나무가 어떤 모습으로 서 있는 것까지도 손금 보듯이 알고 있다.

그 세 가지를 최대한 활용해서 옥소염백을 죽일 것이다. 싸우는 것이 아니라 죽이는 것이 목적이다. 그러므로 수단과 방법을 가리지 않을 것이다.

옥소염백 부부가 배를 타고 서호에서 하천축(下天竺)으로 향하고 있다는 전갈이 왔다.

그들 부부가 소제(蘇提) 선착장에서 뱃사공에게 하천축에 가고 싶다고 한 말을 주위에 있던 정도학의 수하가 듣고 전해 온 것이다.

서호는 두 개로 나뉘어져 있다. 동쪽의 팔 할 크기가 서호이고, 서쪽의 이 할이 이호(裏湖)다. 두 호수를 구분하는 것이 바로 소제라는 제방이다.

소제는 남북에서 호수 중앙으로 길게 뻗어 있으며 가운데가 트였다.

서호와는 달리 이호에는 사람이 거의 없다. 더구나 배를 타고 하천축으로 가려면 이호로 흘러드는 세 개의 하천 중에 영은하(靈隱河)를 거슬러 올라야 한다.

그곳은 인적이 완전히 끊어져 있으며 하천 양쪽에 갈대와 수목이 우거져 있다.

그렇다는 것은 옥소염백에게 암습을 가하기에 최적의 장소이면서, 반대로 아무도 용비를 도와줄 사람이 없다는 것이기도 하다.

쏴아아.

신시(오후 4시) 무렵의 영은하 일대에는 거센 가을바람이 불고 있었다.

용비는 영은하 중류 지점 북쪽 강가를 빠른 속도로 쏘아가고 있는 중이다.

키의 두 배를 넘기는 우거진 갈대숲 속을 튼튼한 준마가 전력으로 달리는 것보다 세 배 이상 빠른 속도로 달리는데도 갈댓잎 하나 흔들리지 않았다.

그는 연충을 소제 선착장에 남겨두고 왔다. 연충이 따라와 봤자 도움이 되기보다는 거치적거리기만 할 것이다. 연충 역시도 더 이상 깊이 관여되는 것을 원하지 않는 듯 순순하게 용비의 말에 따랐다.

용비는 영은하가 이호로 흘러드는 지점에서 삼 리 정도 거슬러 오르고 있는데도 하천에는 옥소염백을 태운 배가 보이지 않았다.

영은하는 총 길이가 오 리 남짓의 짧은 하천이다. 발원지는 하천축이고 이호로 흘러들면서 끝난다.

앞으로 이 리밖에 남지 않았는데 그 안에 옥소염백을 찾지 못한다면 어딘가에서 그들을 놓쳤다는 얘기가 된다. 즉, 작전 실패다.

용비는 계속 갈대숲 속을 쏘아가면서 청력을 돋우었다. 대신에게는 미치지 못하지만, 그의 청력은 보통사람보다 수십 배나 더 뛰어나다. 대신에게 어떻게 청력을 극대화시키는지 제대로 배웠기 때문이다.

그러나 바람이 하류에서 상류 반대로 불고 있다. 그렇다면 옥소염백의 기척도 제대로 감지할 수가 없다. 바람마저 그를 돕지 않고 있다.

갈대숲을 뚫고 강 쪽으로 가면 시야가 확 트여서 그들을 발견할 수도 있겠지만 위험하다. 그들도 용비를 발견할 수 있기 때문이다.

더구나 영은하는 구불구불해서 이백 장 이상의 거리를 보는 것이 불가능하다.

그사이에 용비는 일 리를 더 갔다. 앞으로 남은 거리는 일 리 남짓이다. 더구나 거센 바람이 상류 쪽으로 불고 있기 때문에 그들의 배는 더욱 빠르게 목적지인 하천축에 도착할 것이다.

하천축에는 큰 절이 있으며 하천축사다. 유명한 명승지이기 때문에 언제나 사람들이 붐빈다.

그들은 대부분 서호를 빙 도는 관도를 이용해서 걷거나 마차, 수레 따위를 타고 온다.

사람이 많은 곳에서 옥소염백을 죽이는 것은 결코 수월하지가 않을 터이다.

그렇다면 돌아가는 길에 죽여야 한다는 얘긴데, 그들이 언제 돌아갈 줄 알고 막연하게 기다린다는 말인가. 그리되면 시간이 너무 지체된다.

'설마……'

그때 불현듯 용비는 연충이 일부러 잘못 가르쳐 준 것이 아닌가 하는 생각이 들었다.

그럴 수도 있다. 처음부터 연충은 용비에게 지나칠 정도로 우호적이었다.

그런데도 한 번도 그를 의심하지 않았다. 아니, 그를 의심하는 것은 화봉 옥연을 의심하는 것이다.

수심가지인심난측(水深可知人心難測). 물의 깊이는 알 수 있으나 사람의 속은 헤아릴 수 없다고 했다. 어째서 한 번도 옥연이나 연충을 의심하지 않았는지 전혀 용비 자신답지 않은 일이다.

만약 연충이 배신했다면 용비는 함정에 빠졌다는 뜻이다.

그렇다면 옥소염백이 보이지 않는 것이 이해가 된다. 또한 이 근처에는 용비를 잡기 위해서 혈풍도대 일당들이 매복해 있을지도 모른다.

"호호호호."

그때 어디선가 여자의 낭랑한 교소가 들려왔다.

용비는 급히 달리는 것을 멈추며 자세를 낮추고 주위를 둘러보았다.

그는 순간적으로 자신이 적에게 발각되어 위험에 노출된 것이 아닌가 하고 생각했다.

"호호호홋! 여기 너무 좋아요, 가가!"

그런데 뒤따라 들려온 웃음소리는 그게 아니었다. 여자가 웃으면서 누군가와 대화를 하고 있는 것이다.

"하하하! 염 매가 좋다고 하니까 나도 좋군!"

대화 상대인 남자가 너털웃음을 터뜨렸다.

'옥소염백이다!'

그렇게 직감한 용비는 웃음소리가 들려온 곳을 향해서 더욱 빠르게 쏘아갔다.

남녀의 웃음소리는 상류 쪽에서 들려왔다. 연충은 용비를 속이지 않았다.

용비는 눈도 깜빡이지 않고 갈대 사이로 강을 주시했다.

그의 시선 끝에는 한 척의 작은 배가 바람을 한껏 먹어 팽팽하게 부푼 돛을 펼친 채 상류 쪽으로 빠르게 흘러가고 있었다.

그리고 배의 앞쪽에는 한 쌍의 남녀가 나란히 서서 몸을 밀착시킨 채 경치를 구경하면서 흐드러지게 웃으며 대화를 나누고 있었다.

그들은 첫눈에도 옥소염백이 분명했다. 배의 뒤쪽에는 중년의 사공이 배를 몰고 있었다.

남자는 삼십대 후반의 나이에 후리후리한 체구였으며 희고 푸른색이 섞인 장삼을 입은 선풍도골의 모습이다. 만약 그가 옥소군이라는 사실을 몰랐다면 하늘에서 방금 하강한 신선이라고 여겼을 정도로 탈속한 모습이다.

여자 역시 그에 못지않았다. 선녀가 존재한다면 바로 저런 모습일 것이다.

바닥에 끌리는 연분홍 긴 치마에 잠자리 날개처럼 얇은 비단 상의를 입었는데 눈이 부시는 미모에 고결한 기품이 흘러넘쳤다.

저런 선남선녀가 무림에서 살인마로 불리고 있다는 것이 믿어지지 않을 정도다.

하지만 그들을 주시하는 용비의 눈에는 그저 자신이 죽여야 할 표적으로만 보일 뿐이다.

용비는 배의 속도에 맞추어서 천천히 상류 쪽으로 이동하면서 배에서 한시도 시선을 떼지 않다가 힐끗 상류를 쳐다보았다. 이제 상류 하천축 선착장까지는 삼백여 장 정도가 남았을 뿐이다.

배가 선착장에 닿기 전에 실행해야 한다고 생각하자 마음이 조급해졌다.

하지만 그는 곧 스스로를 꾸짖었다.

'서둘면 일을 그르친다. 침착하자.'

그러고는 지금 상황에서 과연 어떻게 할 것인지를 곰곰이 궁리하기 시작했다.

배는 하천축 선착장에 점점 더 가까워지고 있다. 선착장에 닿는 순간 암습할 기회를 잃게 된다.

시간이 촉박한 상황에서 생각을 하려니까 머릿속이 마구 헝클어지면서 오히려 아무것도 생각나지 않았다. 마음만 자꾸 더 급해질 뿐이다.

그때 호신도 속에서 대신과 함께 뒹굴면서 무공 연마를 하던 일이 번쩍 생각났다.

대신이 가르쳐 준 호투신박은 일정하게 정해진 구결이나 초식의 변화 같은 것이 전혀 없다.

그저 그때의 상황에 따라서 가장 적절한 공격과 방어를 하는 것을 끝없는 연마를 통해서 몸으로 체득했었다.

그래서 대신하고의 무공 연마는 훈련이라기보다는 실제와 똑같은 싸움의 연속이었다.

무공 연마 중에 터럭만 한 실수라도 하면 자칫 큰 부상으로 이어지거나 죽을 수도 있었으며, 실제 용비는 몇 차례 큰 부상을 입기도 했었다.

'방법이 없다!'

용비는 마음속으로 외쳤다.

'방법이 없는 것이 방법이다!'

실전 경험이 절대적으로 부족한 그는 큰 싸움을 앞두고 하나의 깨달음을 얻었다.

'대신하고 싸울 때처럼 본능에 맡기는 것이다.'

계획을 세우기보다는 본능에 따라서 행동하려는 것이다.

그는 강가 갈대숲 속을 달리면서 배를 주시하다가 옥소염백이 하천축 선착장 쪽을 쳐다보면서 대화를 하고 있을 때 강으로 신형을 날렸다.

기척을 내지 않고 접근하는 것이라면 자신이 있다. 그는 수면에 낮게 엎드린 자세로 배의 뒤쪽에서 측면을 향해 날아갔다.

그 모습은 마치 하늘에 높게 떠서 날아가는 독수리의 그림자가 수면에 드리워진 것 같았다.

그때 염백랑이 환하게 웃으면서 옥소군을 쳐다보았다. 용비는 옥소군 뒤쪽으로 접근하고 있으므로 그의 어깨 너머로 발각될 수도 있다.

그러나 염백랑이 옥소군을 봤을 때에는 그의 뒤쪽에 용비의 모습은 보이지 않았다.

그 순간 강물 속으로 추호의 기척도 없이 잠수한 용비는 배 밑바닥에 도달해 있었다.

'본능대로 행동한다.'

그는 다시 한 번 속으로 중얼거리고 일 장 깊이의 강바닥까지 내려갔다가 두 발로 힘껏 강바닥을 박차면서 벼락같이 위로 솟구치며 오른손의 사신검을 뽑아냈다.

'칼날이 되어 선회하라!'

그와 사신검은 영적으로 묶여 있기 때문에 그의 어떠한 명령이라도 따른다.

"가가, 오늘 밤에는 어디에서 묵을 건가요?"

염백랑은 옥소군에게 안겨서 가슴을 만지작거리며 코 먹은 소리로 교태를 부렸다.

"하하하! 염 매가 하자는 대로……."

푸악!

옥소군이 환하게 웃으면서 대답하려고 할 때 두 사람의 발 밑에서 뭔가 터지는 소리가 났다. 옥소군은 본능적으로 암습이라고 판단하여 자신의 가슴을 어루만지고 있던 염백랑의 왼손을 잡고 허공으로 솟구쳤다. 더 이상 빠를 수 없을 만큼 신속한 대응이다.

파아아—

두 사람이 솟구치는 것과 동시에 배 밑창을 뚫은 시커먼 물체가 소용돌이치면서 쏘아 올랐다.

옥소군은 어떤 인물이 배 밑창을 뚫고 암습을 하는지는 몰라도 자신들을 어쩌지는 못할 것이라고 생각했다.

퍼퍼퍼어어.

"아아악!"

그런데 옥소군 바로 앞에서 나란히 솟구치고 있는 염백랑이 느닷없이 입을 크게 벌리고 눈을 부릅뜨면서 처절한 비명을 질렀다.

그리고 옥소군이 뻔히 보고 있는 눈앞에서 염백랑이 산산조각 쪼개져서 흩어지고 있었다.

알 수 없는 시커먼 물체가 바람개비처럼 맹렬하게 선회하면서 번갯불처럼 빠른 속도로 치솟으며 염백랑의 온몸을 잘게 베어 핏물과 함께 꽃잎처럼 허공으로 흩날렸다.

그것은 마치 고기나 생선의 포를 뜨는 듯한 광경이었다. 그리고 또한 핏물의 비[血雨] 속에서 수백 송이 꽃이 한꺼번에 피어나는 듯했다.

"으어어……"

옥소군은 자신의 눈앞에서 잘디잘게 쪼개져서 사라져 가고 있는 염백랑을 보면서 짐승 같은 소리를 냈다.

그리고 찰나지간에 염백랑은 사라졌다. 남아 있는 것은 옥소군의 손에 쥐어져 있는 그녀의 왼손뿐이다, 팔꿈치까지밖에 남아 있지 않은.

목숨을 다해서 사랑하는 아내를 눈앞에서 잃은 충격은 상상을 불허했다.

자신의 눈으로 똑똑히 봤으면서도 믿어지지 않았다. 아주 잠깐 헛것을 보거나 깜빡 잠이 들어서 꿈을 꾼 것일지도 모른다는 생각이 들었다.

수만 근의 바위로 머리를 강타당한 것 같은 충격이었다. 순간적으로 멍한 상태가 되어 아무 생각도 하지 못했다.

그런 상황에서는 제아무리 살인마 옥소군이라고 해도 무기력할 수밖에 없다.

더구나 용비는 오른팔의 사신검을 쏘아내는 것과 동시에 그 뒤를 따라서 솟구쳐 오르고 있었다.

슈욱!

옥소군의 핏빛으로 충혈된 눈동자가 힐끗 아래로 향했다. 그리고 솟구쳐 오르는 용비를 발견했다.

"이 개자식!"

그의 오른손이 활짝 펼쳐져서 아래로 향하며 무당파의 절기 중 하나인 태청장(太淸掌)을 뽑아냈다.

그러나 용비는 그보다 빨랐다. 염백랑을 산산조각 낸 사신검이 어느새 그의 오른손에 쥐어져 옥소군의 하체를 휩쓸고 있었다.

빛처럼 빠른 대신을 한 대라도 때리려고 사력을 다해서 목검을 휘둘렀던 것처럼, 어찌 보면 무질서하고 어지러운 검법을 전개했다.

스파앗—

옥소군은 하체가 서늘해지는 것을 느꼈다. 발목부터 허리까지 뎅겅뎅겅 다섯 도막이 나는 중이다.

그와 동시에 그가 발출한 태청장이 위에서 아래로 용비의 왼쪽 어깨를 적중시켰다.

뻐걱!

"큭!"

용비는 왼쪽 어깨가 바스러지는 충격과 함께 쏜살같이 강물 속으로 떨어져 깊숙이 잠겨들었다.

그는 가라앉으면서 왼쪽 어깨와 왼팔이 마비되는 것을 느끼며 한쪽 팔과 두 다리로 빠르게 헤엄쳐 십여 장쯤 벗어난 후에 수면으로 떠올라 배가 있는 쪽을 뒤돌아보았다.

밑바닥에 큰 구멍이 뚫린 배가 가라앉고 있었다. 그리고 그 옆에 하체가 없는 옥소군이 미친 듯이 두 팔을 허우적거리고 있는 모습이 보였다. 그 너머로 뱃사공이 강가를 향해 헤엄치고 있었다.

옥소군의 잘라진 허리에서 피가 흘러나와 강물을 시뻘겋게 물들였으며 내장이 그의 주위에 꿈틀거리면서 퍼졌다.

또한 그의 잘려 나간 하체 여러 도막이 여기저기 흩어져서 피를 흘리며 뜨거나 가라앉고 있었다.

투두두툭.

그때 수십 개의 살덩이들이 옥소군 주위로 우수수 떨어졌고 더러는 그의 몸에도 떨어졌다.

그보다 먼저 죽은 염백랑의 산산조각 난 육편들이 이제야 떨어진 것이다.

그중에는 그녀의 머리도 있는데 하필이면 옥소군 바로 앞에 떨어져서 피와 물을 튀겼다.

"으흐흐…… 염 매……."

옥소군은 피눈물을 흘리면서 염백랑의 머리를 끌어안았다. 방금 전까지만 해도 행복에 겨워서 사랑을 속삭였던 아내의 머리를 끌어안은 채 그녀의 죽음을 현실로 받아들일 수가 없었다.

옥소군은 자신의 자랑이며 성명무기인 품속의 옥소(玉簫)를 한 번 사용해 보지도 못하고 아내 염백랑의 머리를 끌어안고 울부짖었다.

용비는 그 광경을 보면서 적이 안도했다. 옥소염백 둘 중 한 명만 죽여도 성공이라고 예상했었는데 둘을 다 죽였으니 기대하지도 않은 대성공이다.

급습이 제대로 들어맞은 것 같았다. 정면대결이었으면 옥소염백을 한꺼번에 죽이는 것은 어림도 없는 일이라고 용비는 생각했다.

그러면서 과연 옥소염백하고 아니면 둘 중 한 명하고 일대일로 맞붙었으면 어떤 결과가 나올지 잠시 궁금해졌으나 곧 잊었다.

성공했으면 됐다. 이로써 절대십천이 용비와 한정 등에게 가했던 무지막지한 핍박에 대해서 만분지 일 정도 보복을 해주었다고 생각했다.

그때 선착장 쪽에서 다급한 외침이 터졌다. 그곳에 있는 몇 명의 경장고수들이 이쪽에서 벌어진 광경을 그제야 발견한 것이다.

"저기! 옥소군이 아니신가!"

"큰일이다! 옥소염백께서 당하셨다!"

놀라서 소리치던 경장고수들은 뒤이어 수면에 떠 있는 용비를 발견했다.

"저자는 용비다!"

"용비가 옥소염백을 죽였다!"

용비는 그들이 외치는 순간 북쪽 강가를 향해 전력으로 헤엄치기 시작했다.

옥소군은 이미 숨이 끊어진 상태로 염백랑의 머리를 안은 채 수면에 둥둥 떠서 흘러가고 있었다.

수심이 깊기 때문에 용비는 헤엄을 칠 수밖에 없는 상황이다. 어딘가 발을 디딜 단단한 물체가 있다면 신형을 솟구쳐서 단번에 강가로 쏘아가겠지만, 그의 발은 물에 떠 있기 때문에 그럴 수가 없다.

강바닥으로 잠수했다가 솟구치는 것은 시간이 지체된다. 그러는 사이에 경장고수들이 도착할 것이다.

잠깐 사이에 경장고수가 십여 명으로 늘더니 일제히 강의 양쪽을 따라서 달려오고 있었다.

용비는 그들이 청의경장을 입은 것으로 봐서 풍운방 고수들이라고 판단했다.

그들이 하천축처럼 한적한 곳까지 지키고 있을 줄은 몰랐다. 항주 인근에서 혈풍도대의 손길이 미치지 않는 곳이 없는 것 같았다.

그들이 강의 양쪽으로 달려오고 있기 때문에 용비는 헤엄을 멈추었다. 그러나 이대로 물속에 있는 것은 더욱 불리하다고 생각했다.

'어쩌지?'

그는 당황했다. 죽은 옥소군이 염백랑의 머리를 안은 채 이쪽으로 흘러오는 것을 발견했다.

'그렇다! 옥소염백을 죽인 내가 풍운방 고수 십여 명 때문에 겁먹을 이유가 없다!'

그렇게 마음을 먹자 거짓말처럼 당황함이 사라졌다. 대신 강렬한 투지가 불끈 솟구쳤다.

그는 천천히 북쪽 강가를 향해 다시 헤엄쳤다. 이미 풍운방 고수 여섯 명이 강가에 늘어서서 무기를 움켜쥔 채 그가 나오기를 기다리고 있었다.

이제 용비는 망설임이나 두려움 같은 것은 없다. 얕은 곳으로 나와 발이 땅에 닿았다.

이제는 발로 땅을 박차고 솟구쳐서 달아날 수 있지만 그렇게 하지 않았다.

그는 천천히 걸어 나가면서 물속에서 사신검을 검으로 만들어 힘껏 움켜잡았다.

풍운방 고수들의 한가운데를 정면으로 뚫은 후에 나머지를 죽일 것이라고 생각했다.

여섯 명의 고수는 발을 물에 적시기 싫은지 강가에서 언제라도 공격할 태세를 갖춘 채 기다리고 있었다.

용비는 힐끗 뒤돌아보았다. 강 건너에 다섯 명이 다시 선착장 쪽으로 달려가고 있었다. 빙 돌아서 이쪽으로 오려는 것 같았다.

그들이 오기 전에 빠져나가는 것이 좋지만 그러지 못해도 상관이 없다는 생각이 들었다.

옥소군의 태청장에 왼쪽 어깨를 적중당해서 뼈가 으스러진 상태에서도 용비는 점점 대담해지고 있었다.

풍운방 고수들은 긴장하는 기색이 역력했다. 옥소염백이 죽은 것을 봤으며 필경 용비가 죽였을 것이라고 생각하기 때문이다.

걸어 나가면서 그들의 표정을 살펴본 용비는 잘됐다는 생각이 들었다. 상대가 긴장하고 있다면 오히려 싸우기가 더 쉬울 것이다.

철벅. 철벅.

용비는 천천히 걸어 나가면서 입가에 미소가 피어났다. 자신감이 생기고 살심이 느껴지니까 자신도 모르게 잔인한 미소가 머금어졌다.

강가에 늘어서 있는 풍운방 고수들은 눈동자를 부지런히 굴리면서 용비와 강 쪽을 번갈아 쳐다보았다.

용비는 저승사자처럼 잔인한 미소를 짓고 있으며, 이쪽으로 떠내려 오고 있는 옥소군과 염백랑의 머리통, 그리고 그의 주변에 잘라진 팔다리, 육편들이 어지럽게 떠서 피로 붉게 물든 채 같이 떠내려오고 있었다.

풍운방 고수들은 무작정 달려왔지만 살인마를 죽인 살인마가 바로 용비라는 사실을 깨닫고 공포가 목구멍을 타고 넘어왔다.

용비가 거의 뭍으로 다 나오자 그들은 누가 먼저랄 것도 없이 주춤거리며 뒤로 물러났다.

용비는 입술을 씰룩였다.

"가로막으면 죽는다. 비켜라."

고수들의 얼굴에 갈등과 복잡한 표정이 엇갈렸다. 이들은 절대십천의 정예고수들이 아니라서 정신무장 같은 것이 되어 있지 않다.

그때 선착장을 돌아온 다섯 명의 고수가 들이닥쳤다. 그들은 이곳에 있는 고수들하고는 달리 그다지 공포를 느끼지 않았으므로 도착하자마자 요란하게 무기를 뽑으면서 용비를 공격해 갔다.

차차창!

그 바람에 겁먹고 있던 여섯 명도 정신을 차리고 분분히 공격에 합세했다.

강을 등지고 있는 용비는 불리한 상황이다. 하지만 언제든지 상황은 변하게 마련이다.

팟!

갑자기 신형을 뽑아 올려 찰나지간에 솟구친 용비는 전면

에서 공격해 오는 고수들의 머리 위로 날아 넘으면서 한 바퀴
공중제비를 돌며 아래를 향해 벼락같이 사신검을 떨쳤다.

스사삭―

넉 자 길이의 새카만 사신검은 공격하던 풍운방 고수 세 명
의 머리를 쪼개거나 목을 잘랐다. 죽어가는 자들은 큭! 캑! 하
는 답답한 신음을 내뱉을 뿐 비명다운 비명도 지르지 못했다.

그들의 뒤쪽에 내려선 용비는 몸을 돌리는 탄력을 이용해
서 재차 사신검을 휘둘렀다.

스파앗―

또다시 두 명의 적이 허리와 몸통이 뎅겅 잘라졌다.

위치가 바뀌었다. 이제는 용비가 뭍 쪽이고 적들이 강 쪽에
있다.

더구나 적들은 동료들이 한꺼번에 무더기로 피를 뿌리며
쓰러지는 것을 보고 당황했으며 또한 급히 뒤돌아서느라 자
기들끼리 부딪치면서 우왕좌왕했다.

용비는 그것을 놓치지 않고 곧장 부딪쳐 가며 사신검을 휘
둘러 베고 찔렀다.

겉보기에는 단순한 동작 같지만 하나의 동작에서 여러 개
의 변화가 쏟아졌다.

카카칵!

호투신박을 응용하여 전개한 사신검은 거침없이 적들을

주살했다. 호투신박은 원래 맨손무공, 즉 백타(白打)지만 넉
자 길이의 사신검으로 발휘하니까 백타 못지않은 위력이 쏟
아져 나갔다.

적들은 용비를 공격하지 못했다. 그의 공격이 너무 강력해
서 그럴 겨를이 없다.

물러서고 피하며 막기에 급급했다. 그런 광경은 흡사 한 마
리 거대한 성난 호랑이 앞에서 꼬리를 감추는 승냥이무리 같
았다.

적들이 다급하게 무기로 막으면 사신검은 그 무기들을 수
수깡처럼 여지없이 자르면서 적의 몸에 쑤셔 박혔다.

용비는 사신검이 다른 무기들과 부딪쳐서 간단하게 깨부
수자 절로 힘이 솟구쳤다.

급습을 해서 옥소염백을 죽일 때와는 달리 다수의 적들을
상대로 정면승부로 싸우며 목과 몸통을 자르고 찌르는 용비
는 아까하고는 또 다른 기분에 휩싸였다.

이상한 희열이 느껴졌다. 자신이 휘두른 사신검에 의해서
적들의 몸이 잘리고 피가 뿜어지는 광경을 보니까 심장이 쿵
쾅거리고 짜릿한 쾌감이 온몸에 퍼졌다.

파파팍!

그 때문에 눈까지 붉게 충혈된 용비는 어느 순간 사신검을
통해서 사람의 몸을 자를 때하고는 다른 감촉이 손으로 전해

지자 뚝 동작을 멈추었다.

우드등.

방금 그가 자른 몇 그루 아름드리나무들이 묵직하게 쓰러지고 있었다.

풍운방 고수 열한 명 모두는 이미 강가와 강물에 즐비하게 쓰러져 있었다.

죽어서도 시신을 온전히 유지하고 있는 시체는 한 구도 없었다. 그야말로 목불인견의 참혹한 광경이다.

야릇한 살인의 쾌감에 흠뻑 취해 버린 용비는 적들을 다 죽인 것도 모르고 사신검을 휘둘러 애꿎은 나무들을 베어버린 것이다.

"헉헉……."

그는 가쁜 숨을 몰아쉬었다. 지쳤기 때문에 아니라 흥분 때문에 그러는 것이다.

그는 처참한 살육의 현장을 둘러보면서 헐떡거렸다.

'지금 이게 무슨 기분이지?

방금 전까지만 해도 그 무엇과 비교할 수 없을 정도로 극도의 쾌감에 휩싸였었다.

수진랑하고 정사를 할 때의 느낌하고는 차원이 다른 묘한 쾌감이었다.

그런데 지금은 기분이 몹시 더러웠다. 똥통에 빠진 것 같기

도 하고 잘 차려진 식탁에 퍼질러 앉아서 깽판을 놓고 있는
것 같은 기분도 들었다.
　어째서 적을 죽일 때의 기분과 죽이고 나서의 기분이 극과
극으로 다른 것인지 그는 아직 이해하지 못했다.

第四十一章　사선(死線)에서

원래 하천축에는 일 개 조 열다섯 명의 풍운방 고수들이 있
었다.

그들 중에서 선착장 근처에 있던 열한 명이 용비에게 덤벼
들었다가 죽임을 당했다.

하천축 다른 곳에 있던 운 좋은 네 명은 저 멀리 강가에서
동료들이 용비에게 무참하게 살해당하는 광경을 목격하고 그
즉시 하늘로 신호탄을 쏘아 올렸다. 용비를 발견했다는 신호
다.

신호탄이 붉은 연기를 피우면서 삼십여 장 높이로 치솟는

것을 용비를 보지 못했다.

연충은 서호와 이호를 가르는 소제 제방에 있다가 하천축 쪽 하늘에서 높이 치솟아오르는 붉은 신호탄을 발견하고 깜짝 놀랐다.

붉은 신호탄이라는 것은 찾고자 하는 사람을 찾았다는 용도로 널리 사용된다는 사실을 잘 알고 있기 때문에 연충은 용비가 적들에게 발각됐다는 사실을 직감했다.

그는 제방에 앉아 있다가 벌떡 일어나 정박해 놓은 배로 달려가며 외쳤다.

"도학! 어서 배를 띄워라!"

대기하고 있던 정도학이 서둘러 밧줄을 풀고 제방에서 배를 밀어내자 연충은 몸을 날려 배에 올라타면서 이호 안쪽의 영은하를 가리켰다.

"저쪽으로! 영은하로 가자!"

그는 용비가 영은하 상류 하천축으로 달려갔으니까 똑같은 길로 되돌아올 것이라고 예상했다.

사전에 그렇게 약속하지는 않았으나 용비라면 그럴 것이라고 생각했다.

왜냐하면 연충의 배를 타야지만 동료들이 기다리고 있는 천붕호로 돌아갈 수 있기 때문이다.

유엽선이 이호를 가로질러 달리는 동안 연충은 용비가 옥소염백을 어떻게 했는지 자못 궁금해졌다.

용비는 하천축에 있는 풍운방 고수가 자신이 죽인 열한 명이 전부일 것이라고 알고 있었다.

그러므로 네 명이 더 있다는 것과 그들이 신호탄을 쏘아 올렸다는 사실을 짐작조차 하지 못했다.

그래서 하천축 선착장 가까이의 강과 강가에 옥소염백과 풍운방 고수들의 시체가 있지만, 그 사실이 혈풍도대에게 보고되기까지는 얼마 정도의 시간이 소요될 것이라고 예상했다.

그사이에 용비는 연충의 배를 타고 유유히 전당강을 통해서 바다로 빠져나갈 수 있다고 생각했다.

항주에 내려온 절대십천 패거리 중에서 옥소염백이 최고 우두머리라고 하니까, 그들을 죽였으니 이 정도면 경고가 충분할 것이다.

하지만 이것으로 끝난 것이 아니다. 천추문을 멸문시킨 대가는 반드시 피로써 받아낼 각오다. 단지 오늘은 이쯤에서 끝내는 것뿐이다.

용비의 기억대로라면 이호까지는 앞으로 이 리쯤 남았을 것이다. 그곳에 대기하고 있는 연충의 유엽선을 타기만 하면 된다.

　용비는 더욱 힘을 내서 달렸다. 몹시 빠른 속도인데도 마음이 급한 그는 더디게만 느껴졌다.

　그가 대신에게 배운 범 달리기, 즉 호주(虎走)는 일반적인 경공하고는 차원이 다르다. 힘을 최소한으로 사용하면서도 최대한 빠르게 달리는 것이 호주다. 또한 전혀 기척이나 흔적을 남기지 않는다.

　꾸악.

　그때 머리 위에서 이상한 울음소리가 들렸다. 올려다보니 수십 장 높이 허공에서 한 마리 독수리가 날개를 활짝 펼친 채 용비가 가고 있는 방향으로 날아가면서 계속 울어대고 있었다.

　용비는 처음에는 별생각 없이 그냥 달렸다. 독수리는 흔하니까 어디서나 볼 수 있다.

　그러나 잠시 후에 그의 생각이 바뀌었다. 울음소리가 신경이 쓰여서 다시 쳐다보니까 독수리는 다른 곳으로 가지 않고 여전히 그의 머리 위에서 그와 똑같은 속도로 비행을 하면서 계속 울음소리를 내고 있는 것이 아닌가.

　그래서 혹시 저것이 사람에게 길들여진 독수리일지도 모른다는 생각이 들었다.

　정말 그렇다면 용비가 있는 위치를 독수리가 혈풍도대 쪽

고수들에게 알려주고 있다는 얘기가 된다.

용비는 달리는 것을 멈추고 독수리를 노려보았다. 방금 전까지는 그가 달리는 속도에 맞춰서 독수리도 하류 쪽으로 진행하고 있었는데 그가 멈추자 독수리도 멈추고 빙빙 크게 원을 그리며 선회했다.

더 이상 의심의 여지가 없다. 독수리는 용비를 찾고 있는 것이, 아니, 그의 위치를 혈풍도대에게 알려주고 있는 것이 분명했다.

독수리를 피해서 숨는 것은 불가능하다. 어떻게든 독수리를 쫓거나 죽여야만 한다. 그렇지 않으면 그의 위치가 노출될 것이다.

어쩌면 이미 노출됐는지도 모른다. 그렇더라도 독수리를 그냥 놔둬서는 안 된다.

그가 움직이면 끝까지 따라올 것이기 때문이다. 그러면 도망치는 것도 할 수가 없다.

그는 주변 바닥을 두리번거리다가 단단하고 새카만 조약돌 하나를 주워 들었다.

옛날부터 그의 돌팔매 솜씨는 발군이었다. 지금은 공력까지 있으니까 독수리가 선회하고 있는 오륙십여 장 높이까지 충분히 도달할 수 있을 것이다.

그는 오른손 안에 조약돌을 쥐고 백호공기를 끌어 올려 조약돌에 주입시켰다.

이어서 오른팔을 아래로 내린 채 눈으로는 독수리가 선회하는 궤적을 한동안 살피다가 한순간 힘껏 허공을 향해 조약돌을 던졌다.

피잉!

조약돌은 일직선을 그으며 수직으로 화살보다 몇 배나 빠른 속도로 쏘아 올랐다.

팍!

조약돌은 독수리 몸통에 정확하게 명중하더니 곧 불길에 휩싸였다. 조약돌에 백호공기를 주입했기 때문이다.

독수리는 불덩어리로 화해 몇 차례 퍼덕이다가 곧장 강으로 추락했다.

용비는 다시 하류로 달리기 시작했다. 독수리 때문에 자신의 위치가 적들에게 알려졌을지도 모르니까 한시바삐 연충의 유엽선에 타야만 한다.

잠시 후 갈대숲이 끝나고 넓은 백사장이 나타나며 시야가 확 트였다. 그리고 그 앞쪽에 강이 거대한 호수로 합쳐지는 광경이 보였다.

용비의 시선이 한곳으로 향했다. 눈에 익은 배 한 척이 백여 장 밖에서 이쪽으로 빠르게 나는 듯이 달려오고 있는 것을 발견했다.

배 앞머리에는 연충이 우뚝 서 있었다. 그도 용비를 발견했다. 그가 용비를 태우러 온 것이다. 연충도 독수리를 본 것인가. 그렇다면 다행이다.

강 한가운데를 달리던 배가 용비 쪽으로 방향을 꺾었다. 그리고 연충이 웃으면서 손을 들어 올렸다.

"하하하! 어서……."

'그냥 지나가시오!'

순간 연충의 머릿속에서 용비의 냉정한 목소리가 울렸다.

유쾌하게 웃으며 손을 들어 올렸던 연충은 흠칫하더니 즉시 임기응변을 발휘하여 뒤쪽의 정도학을 돌아보면서 앞쪽을 가리키며 크게 웃었다.

"하하하하! 저쪽에 물고기가 많을 것 같으니까 어서 가자!"

정도학은 연충의 말뜻을 알아차리고 즉시 뱃머리를 약간 틀어서 곧장 나아갔다.

만약 조금 전의 독수리를 보고 혈풍도대 쪽 고수들이 이미 이 근처에 도착했다면, 그래서 용비와 연충이 알은체를 하는 광경을 본다면 연충까지 위험해진다.

그래서 용비는 주변을 확인하기 전까지는 연충을 모르는 체한 것이다.

용비는 주위가 탁 트인 백사장으로 조금 더 달려나가면서 재빨리 전방과 좌우를 살펴보았다.

앞쪽은 백사장이 칠십여 장쯤 이어지다가 호수가 펼쳐져 있으며, 왼쪽은 우거진 잡목 숲이다.

여기에서는 보이지 않지만 왼쪽 잡목 숲 너머에는 이호로 흘러드는 또 다른 강인 용정하(龍井河)가 있다. 그리고 그 너머에 또 하나의 강이 있다.

아무도 없다. 인적이 전혀 느껴지지 않았다. 용비는 방금 전에 스쳐 지나간 연충의 배를 부르려고 몸을 돌렸다.

[하천축으로 돌아가시오. 신호탄을 보고 최소한 백오십 명 이상이 몰려오고 있다는 전갈이오.]

순간 연충의 다급한 전음이 용비의 고막을 파고들었다. 연충은 방금 전에 용비를 지나친 직후에 근처에 있는 수하로부터 전음을 받았다.

연충을 부르려고 몸을 돌리던 용비는 그대로 몸을 돌려 다시 하천축을 향해 내달리기 시작했다.

연충의 다급한 전음이 재차 들려왔다.

[오운하(五雲河) 상류 천축산(天쓸山) 기슭에서 기다리겠소. 그곳으로 오시오.]

그 말을 듣는 것을 끝으로 용비는 갈대숲으로 뛰어들었다.

'어떻게 된 거지? 놈들이 대체 언제 신호탄을 쏘아 올렸다는 말인가?'

아까 그가 풍운방 고수들하고 싸울 때 그들 중에 아무도 신호탄을 쏘아 올리지 않았었다.

'빌어먹을! 다른 놈들이 있었군.'

자신이 실수를 했다는 생각에 욕이 저절로 나왔다. 어째서 하천축 선착장에 풍운방 고수가 그들 열한 명뿐일 것이라고 생각해 버린 것인지 어이가 없었다.

하지만 이미 일은 벌어졌다. 백오십 명이 몰려오고 있다면 용비 혼자서는 절대로 당해낼 수 없다. 더구나 적의 수는 점점 더 불어날 것이다.

그의 머릿속에 하천축 너머의 지리가 병풍을 펼치듯 펼쳐졌다. 항주 성내만큼은 아니지만 이쪽 지리도 어느 정도는 훤하다.

그는 어떻게 해야 연충이 말한 오운하 상류 천축산 기슭까지 갈 수 있는지 빠르게 머릿속으로 계산했다.

연충이 용비에게 하천축 쪽으로 돌아가라고 한 것은 그쪽을 제외한 다른 방향에서 적들이 몰려오고 있다는 뜻이다. 연충의 수하들도 여기저기 깔려 있기 때문에 그들이 보고를 해 온 것일 게다.

하천축 너머는 그다지 크지 않은 영은산 산악지대고 남쪽의 천축산과 이어져 있다.

아무것도 없는 산속까지 혈풍도대 놈들이 미리 대기하고 있을 리는 없다. 그러므로 그곳으로 들어갔다가 남쪽으로 방향을 틀어 십여 리쯤 가면 연충이 말했던 오운하 상류가 나온다.

오운하는 천축산에서 발원해서 전당강으로 흘러드는 짧은 강이니까 연충을 만나기만 하면 동료들이 기다리는 곳으로 돌아갈 수 있다.

용비는 영은산에 들어선 지 이각쯤 지난 후에 방향을 남쪽으로 꺾어 천축산으로 향했다.

여기까지 오는 동안 그를 가로막는 적은 한 명도 없었고 추격하는 자들도 없는 듯했다.

솨아아.

쉬지 않고 달려와 온몸이 땀에 젖어 축축한 상태인데 어디선가 거센 바람 소리가 들려왔다.

그래서 용비는 곧 시원한 바람이 불어올 것이라고 기대했는데, 바람은 불어오지 않고 바람 소리만 계속 들렸다.

그는 잠시 멈춰서 주위를 두리번거렸다. 나뭇가지도 풀잎도 흔들리지 않았다. 바람이 불지 않았다.

솨아아.

그런데도 바람 소리가 조금 전보다 더 크게 들렸다. 무심코 머리 위를 올려다보던 그의 안색이 급변했다.

'저건 뭔가?

무성한 나뭇잎 사이 좁은 틈새로 이상한 물체가 보였다. 하늘에 황색의 커다란 문짝 같은 것이 떠 있으며 아래쪽 가운데에 경장고수가 붙어 있는 것이 아닌가.

'연(鳶)?'

그의 눈이 동그랗게 커졌다. 지금 그가 보고 있는 것은 아이들이 하늘에 날리면서 노는 연이 분명했다.

그런데 이 연은 보통의 연보다 수십 배나 더 컸다. 그리고 거기에 사람이 붙어 있었다.

사람이 매달려 있는 것이 아니라 엎드린 자세에서 몸의 뒷부분이 연에 붙어 있는데, 연의 좌우와 끝부분에 고리가 있어서 거기에 팔다리를 끼워 넣은 것이다.

용비 머리 위에는 나뭇가지가 무성해서 틈새로 연이 하나만 보였다. 하지만 그는 잠시 후에 연이 하나뿐이 아니라는 사실을 알게 되었다.

방금 전에 그가 봤던 연이 지나가자 또 다른 연이 그 뒤를 이었다.

그러더니 갑자기 주위가 어두컴컴해졌다. 눈으로 확인하지 않더라도 하늘에 꽤 많은 연이 날고 있어서 햇빛을 차단하고 있다는 것을 알 수 있다.

용비는 몇 걸음 옆으로 나와서 약간 트인 곳으로 하늘을 올려다보다가 몸이 굳어버렸다.

하늘에 떠 있는 연이 한두 개가 아니었다. 얼핏 봐도 이삼
십 개는 될 것 같았다. 하늘을 온통 뒤덮고 있었다. 아니, 그
가 있는 곳에서 하늘 전체가 보이지 않기 때문에 더 많은 연
이 떠 있을 수도 있다.

"저기다!"

"강하(降下)하라!"

그때 어떤 연의 경장고수가 용비를 발견하고 외치자 뒤이
어서 누군가 뛰어내리라는 명령을 내렸다.

용비는 움찔하고는 그 즉시 남쪽을 향해서 전력으로 내달
리기 시작했다.

달리고 있는 그의 뒤쪽 허공에서 수십 명의 경장고수가 연
을 버리고 아래로 뛰어내리고 있었다.

연은 용비보다 빨랐다. 그리고 그가 생각했던 것보다 수가
훨씬 많았다.

제일 먼저 연에서 뛰어내린 경장고수들이 용비의 뒤쪽에
서 부챗살처럼 쫙 펼쳐져서 추격해 오고 있었다.

그리고 용비를 훨씬 앞질러간 연들에게서 남쪽에 하강한
경장고수들이 앞쪽에서 역시 부챗살처럼 펼쳐서 포위망을 좁
혀오고 있다.

용비는 영은산에서 천축산으로 향하는 산중에서 꼼짝없이

갇혀 버렸다.

몇 명인지 알 수도 없는 많은 경장고수들이 시시각각 그의 숨통을 조여오고 있는 것이다.

그렇다고 해서 한자리에 가만히 멈춰 서 있을 수는 없다. 남쪽은 저지당했다. 그 방향으로 가야지만 오운하에서 기다리고 있을 연충을 만날 수 있지만, 지금은 어떻게든 포위망을 뚫고 나가는 것이 우선이다.

그래서 지금 용비는 서쪽으로 가고 있다. 한 가지 다행인 것은 지상으로 내려온 경장고수들에게 아직 그의 모습이 발각되지 않았다는 사실이다.

반대로 용비는 경장고수들의 모습을 이미 여러 차례 발견했다. 이삼십 장 거리에서 좁혀오는 그들의 모습을 수많은 나무 사이로 발견하고는 재빨리 물러나기를 이미 수십 차례 반복하는 중이다.

또한 용비는 적들의 모습은 보이지 않지만 그들의 기척을 청력으로 감지할 수 있다.

나뭇가지를 스치거나 풀잎을 밟는 소리, 그리고 새소리가 끊어지고 풀벌레들이 날아가는 소리 등으로 보이지 않는 경장고수들이 어느 방향 얼마쯤의 거리에서 접근하고 있다는 것을 눈으로 보듯이 알 수가 있다.

대신과 함께 무공 연마를 했던 호신도 속의 산중은 이곳하고는 비교할 수 없을 정도로 험준했다. 그곳에 비하면 이곳은 평지나 다름없다.

그런 곳에서 용비는 대신에게 기습을 수천 번도 더 당했었다. 대신은 추호의 기척도 없이 용비에게 접근하여 불과 이삼 장 거리에서 공격을 가했다.

대신의 기습하는 수법은 수백 가지였다. 용비가 알아차리지 못하거나 알아차렸더라도 피하거나 막아내지 못하면 성공할 때까지 거듭했다.

대신과의 혹독한 과정을 거쳤던 용비에게 이런 야산에서 경장고수들을 발견하거나 기척을 간파하는 것은 그야말로 식은 죽 먹기보다 쉬웠다.

지금 용비는 경장고수들을 피해서 추호의 기척도 내지 않고 또 흔적도 남기지 않으면서 서쪽으로 가고 있다.

관건은 무슨 일이 있어도 놈들에게 발각되지 말아야 한다는 것이다.

일단 발각되면 쫓고 쫓기는 싸움은 불가피하다. 그리고 싸움이 시작되면 수적으로 현격한 열세이기 때문에 무조건 낭패를 당할 수밖에 없다. 자칫하다가는 영은산 산중에 뼈를 묻을 수도 있다.

용비는 주위의 지형지물을 최대한 이용하여 이동하면서 때로는 은밀하게 숨어서 꼼짝도 하지 않고 경장고수들이 지나가기를 기다렸다. 그러기를 반복하면서 조금씩 이동했다.

"놈은 분명히 이 산중에 있다."

수십 개의 연에서 영은산으로 뛰어내린 경장고수들의 우두머리가 날카롭게 눈을 번뜩이면서 주위를 쓸어보며 주먹을 움켜쥐었다.

그는 절대십천에서 항주로 내려온 영림부의 부주 무산객(霧散客)이다.

연에서 뛰어내린 경장고수들은 영림부 휘하 사십팔 명이다. 광폭도와 건곤풍을 제외한 수다.

"절대로 빠져나가지 못한다."

그는 하나의 커다란 바위 위에 우뚝 서서 주위를 둘러보다가 고개를 들고 시선을 하늘로 주었다.

거기 높은 하늘에는 십여 마리의 독수리가 크게 선회하면서 무언가를 찾고 있었다. 그것들은 영림부가 특별히 훈련시킨 신붕(神鵬)이다.

원래 사람보다 시력이 수십 배나 좋은 독수리들을 특별히 훈련시켰기 때문에 찾아내지 못하는 것이 없다. 그는 독수리들이나 수하들이 용비를 찾아내는 것은 시간문제라고 확신했다.

스슥.

그때 바위 뒤쪽에서 희미한 기척이 나자 무산객과 바위 아래에 있던 그의 심복수하 두 명이 재빨리 뒤돌아보았다.

나타난 것은 혈풍도대 제팔조장 유혼도다. 움찔 놀란 무산객은 바위에서 뛰어내려 와 심복수하와 함께 유혼도에게 공손히 허리를 굽혔다.

"어찌 되었느냐?"

유혼도는 용비를 발견했다는 전갈을 받자마자 한달음에 이곳으로 달려왔다.

사실 그는 그 직전에 어떤 보고를 받았다. 항주 성내 보벽림에 두고 온 능소가 침상에 누운 자세로 잠자듯이 살해당했다는 내용이었다.

유혼도는 보고를 받고는 용비가 능소를 죽였을 것이라고 확신했다. 용비 말고는 그런 짓을 할 인물이 없기 때문이다.

수천 명이 혈안이 되어 찾고 있는 놈이 배짱 좋게 버젓이 항주 성내로 들어와서 혈풍도수를 죽인 것이다. 유혼도로서는 속이 뒤집어지고 머리가 돌아버릴 일이다.

용비는 혈풍도수 백연과 조오에 이어서 능소마저 죽였다. 조오의 시체는 아직도 발견되지 않았으므로 납치됐을 가능성을 배제할 수 없다.

어쨌든 용비는 유혼도의 충성스러운 수하 세 명을 감쪽같이 해치웠다. 어떤 단서도 남기지 않은 귀신같은 솜씨다.

능소가 죽었다는 보고를 접하고 유혼도는 분노가 치밀어 올라서 발광이라도 하고 싶은 것을 겨우 참았다.

그러고 있을 때 또다시 두 가지 상반되는 소식이 한꺼번에 날아들었다.

유람을 나갔던 옥소염백이 용비에게 처참하게 죽었다는 것과 용비를 발견했다는 내용이었다.

그 보고를 받고서 유혼도는 너무 큰 충격을 받고 잠시 동안 멍하니 서 있기만 했었다.

절대사령인 옥소염백이 한꺼번에 용비에게 죽었다는 사실을 받아들일 수가 없었기 때문이다.

처음에 용비라는 존재가 이 사건의 핵심인물이라는 사실을 알게 됐을 때에는 그가 유혼도 자신과 혈풍도수에 비해서 한참 아래 수준이라고 폄하했었다.

그랬던 용비가 점점 더 강해졌다. 아니, 원래부터 강했는데 유혼도 등이 그런 사실을 뒤늦게 하나씩 깨달아가고 있는지도 몰랐다.

그래서 지금은 용비의 실체를 알 수가 없게 되었다. 용비가 혼자서 옥소염백을 죽였다면 유혼도 정도는 일초지적도 안 된다는 뜻이다.

"놈은 틀림없이 저기 어디에 있습니다."

무산객은 산등성이를 가리키며 대답했다.

“영림부 수하들과 아홉 마리 신붕이 총동원됐으니까 곧 발견할 것입니다.”

유혼도는 눈을 좁히고 무산객이 가리키는 곳을 쏘아보았다.

“너희 영림부는 산 위만 맡아라.”

“옛? 무슨 말씀이신지…….”

“산 아래에서 풍운방과 항주사세 고수 천여 명이 훑으면서 올라올 것이다.”

“천여 명…….”

뾰족한 턱에 가느다란 눈을 지닌 무산객은 질린 표정을 지었다. 천여 명이라니 전혀 예상하지 못한 엄청난 수다.

유혼도가 용비를 잡기 위해서 짧은 시간에 천여 명이나 동원했다는 사실에 무산객은 말문이 막혔다.

그때 유혼도 뒤쪽 숲에서 여섯 명의 혈풍도수가 차례로 모습을 드러냈다.

산 너머 하천축 선착장에서 함께 출발했으나 그들은 이제야 도착한 것이다.

유혼도는 수하들이 뒤처지는 것도 신경 쓰지 않았을 정도로 다급했다.

유혼도는 이를 갈면서 중얼거렸다.

“만능서생을 발견하면 즉시 내게 알려라.”

"만능서생이 누굽니까?"

유혼도는 쨍 하는 목소리로 꾸짖었다.

"용비다! 그것도 모르느냐?"

*　　　*　　　*

흑룡가인 반아미는 부친 신룡단도(神龍斷刀) 반대운(潘大運)과 백 명의 신룡보 고수를 이끌고 영은산 동남쪽에서 산을 훑으면서 오르는 중이다.

유혼도의 명령으로 신룡보는 백 명, 항주이세가 사백 명, 풍운방이 육백 명의 고수를 동원하여 영은산과 천축산을 포위한 상태에서 산을 오르고 있다.

풍운방은 절대십천의 항주 분타 격이니까 유혼도의 명령이라면 죽기 살기로 달려들고 있다.

또 다른 항주이세 홍의검문(弘義劍門)과 월인궁(月刃宮)은 천추문이 멸문하고 절대십천 인물들이 대거 내려온 지금의 상황을 절호의 기회로 여겼다.

천추문의 멸문을 충격적인 사건으로 받아들이는 것은 신룡보나 홍의검문, 월인궁 다 같지만 목적하고 있는 바는 제각각이다.

원래 항주오세는 이강, 이중, 일약이었다. 두 개의 강자는 두말할 것도 없이 천추문과 신룡보, 중간급 둘은 홍의검문과 월인궁, 가장 약한 세력은 풍운방이었다.

천추문과 함께 절강무림 양대산맥이었던 신룡보는 천추문의 멸문으로 자연스럽게 최강자가 되었다. 손도 대지 않고 코를 푼 것이다.

하지만 영 개운하지 않은 기분이다. 스스로의 능력으로 이룬 것이 아니라 혈풍도대에 의해서 억지로 최강자가 되었기 때문이다.

또한 맞수라고는 해도 신룡보주는 천추문주를 호적수로서 매우 존경했었다.

그런 천추문의 멸문을 보면서 신룡보주는 착잡함을 느껴야만 했다.

절대십천에 거슬리면 신룡보도 언제 천추문 꼴이 될는지 모른다는 생각에서다.

중간급인 홍의검문과 월인궁은 이 절호의 기회에 비어 있는 자리인 최강자에 오르려고 발버둥을 치고 있다.

그렇기 때문에 유혼도의 명령이라면 지옥불에라도 뛰어들 각오가 되어 있다.

유혼도에게 잘 보여서 신룡보와 어깨를 나란히 하는 최강자의 자리에 오르려는 것이다.

그래서 지금도 자파의 거의 모든 세력인 이백여 명을 이끌고 눈썹이 휘날리도록 영은산에 달려왔다.

가장 약체인 풍운방은 느긋하다. 약체였으나 그것은 십여 년 전의 이야기다.

십여 년 만에 뽕나무 밭이 바다로 변하는 상전벽해(桑田碧海)가 이루어졌기 때문이다.

풍운방은 항주 변두리로 쫓겨난 이후 절치부심 힘을 키워서 지금은 세력 면에서 최강이다.

더구나 절대십천의 항주 분타이기 때문에 가만히 있어도 항주의 패자가 될 수 있다고 낙관하고 있다.

천추문이 사라진 지금 항주사세는 함께 움직이고는 있지만 실상은 동상이몽(同床異夢)이다.

지금 흑룡가인 반아미의 심정은 입안에 소태를 한 가득 머금고 있는 것 같았다.

그녀는 용비하고는 불공대천지수라고 할 만한 원한을 품고 있다. 자나깨나 용비를 죽이는 것을 인생 최고의 목표로 삼고 있다.

하지만 그것은 그녀와 용비 단둘만의 사적인 원한이다. 타인이 끼어들 성질의 원한이 아니다.

더구나 궁지에 몰린 용비를 잡아서 죽일 만큼 그녀는 야비한 성격이 아니다.

오히려 그녀는 얼마 전 용비에게 사전에 위험을 알려줘서 그가 남관구 포구로 들어오지 못하게 했다.

그녀가 아니었으면 용비와 일행의 운명은 최악의 상황으로 치달았을 것이다.

그녀는 용비를 누구보다도 미워하지만 정정당당한 방법으로 죽이기를 원한다.

"아버님."

반아미는 자신의 서너 걸음 앞에서 산을 오르고 있는 부친의 뒷모습을 보며 조용한 목소리로 입을 열었다.

신룡보주 신룡단도 반대운은 뒤돌아보지도 아무런 대꾸도 하지 않은 채 묵묵히 계속 걸었다.

반아미는 걸음을 빨리해서 부친과 나란히 오르면서 진지한 표정을 지었다.

"소녀는 돌아가고 싶어요."

그녀는 도살장으로 끌려가는 기분이다. 궁지에 몰린 용비를 잡는 일에 자신이 거들고 있다는 사실도 그랬으며, 유혼도 같은 인간에게 휘둘리는 것도 싫었다. 절대십천이 대관절 뭐기에 머나먼 항주까지 권세를 휘두르는지 못마땅해서 토하고 싶은 심정이다.

만에 하나 이러다가 덜컥 용비라도 마주치게 된다면 수치스러워서 어떻게 그의 얼굴을 본다는 말인가. 그는 자신을 기회주의자쯤으로 여길 것이 아니겠는가.

“아버님.”

“사람이 하고 싶은 것만 하면서 살 수는 없다.”

대답이 없는 부친을 반아미가 조르듯이 부르자 그는 조용히 중얼거렸다.

반아미는 흠칫했다. 지금까지 그녀는 자신이 하고 싶은 것만 하면서 살아왔다.

하기 싫은 것은 목에 칼이 들어온다고 해도 하지 않았다. 그것에 대해서 부친은 아무 말도 하지 않았다.

그래서 지금 하고 있는 이 일이 그토록 싫은 것이다. 그것은 마치 먹기 싫은 반찬을 억지로 입에 넣어주는 것이나 비슷했다.

그래서 그녀는 입에 가득 들어 있는 먹기 싫은 요리를 씹지도 않고 뱉어버리고 싶은 것이다.

“아비는 그렇게 살아왔다.”

부친은 한 번도 딸의 얼굴을 쳐다보지 않았다.

“돌아가고 싶으면 가라.”

그 말을 끝으로 부친은 입을 닫고 걸음을 좀 더 빨리해서 산을 올랐다.

반아미는 충격을 받은 표정으로 그 자리에 멈춰 서서 부친의 뒷모습을 바라보았다.

세상에는 하고 싶은 일만 있는 것이 아니다. 하기 싫은 일이 더 많은 법이다.

그런데 자기가 하고 싶은 일만 한다면 누군가는 하기 싫은 일을 해야만 한다.

지금까지 그것을 부친이 해왔다는 사실을 반아미는 이제야 깨달았다. 그래서 그녀는 돌아갈 수가 없었다.

*　　*　　*

전당강 하구에서 바다 쪽으로 이십여 리쯤 더 내려간 옥반양 너른 바다에 천붕호가 물살을 가르면서 어디론가 달리고 있다.

배는 수진랑이 몰고 있으며 앞쪽 갑판과 뒤쪽 갑판에서는 한정과 미령, 지연화가 흩어져서 사방 바다를 두리번거리며 열심히 무언가를 찾고 있다.

다른 사람들은 모두 갑판 아래 선창에서 무술을 연마하는 중이다.

용비가 있을 때나 없을 때나 거의 모든 일은 한정이 지시하고 있다.

오늘 아침식사를 하자마자 숨어 있던 무인도에서 천붕호를 몰고 나와 옥반양 바다를 종횡무진 돌아다니고 있는 것 역시 한정의 명령이었다.

한정은 다른 사람들에게는 무술 수련을 하라 이르고 자신과 수진랑 둘이서 천붕호를 몰았는데 나중에 미령과 지연화가 돕겠다면서 올라온 것이다.

"정아."

"네. 어머니."

난간을 붙잡고 멀리 동해 쪽을 살피고 있던 미령이 부르자 한정은 급히 달려갔다.

"지난번에 그 해적선이 바로 저것 아니었느냐?"

한정은 미령이 가리키는 방향을 쳐다보다가 곧 예쁜 탄성을 터뜨렸다.

"맞아요, 어머니. 바로 저 배예요."

아침부터 눈이 빠지도록 찾아 헤매던 배였는데 늦은 오후가 돼서야 미령이 발견해 낸 것이다. 장님이 문고리를 잡는다고 정말 미령이 큰일을 해냈다.

수진랑은 한정이 말을 하기도 전에 이미 천붕호를 미령이 가리킨 방향으로 몰고 있었다.

한정 일행이 찾으려고 했던 배는 해적 쌍월채의 해적선이었다. 그런데 미령이 발견한 해적선은 운 좋게도 쌍월채주 적발귀가 직접 타고 있는 쌍월두선이었다.

오늘도 쌍월두선은 평범한 교역선인 체 위장을 하고 있는 모습이다.

적발귀는 지금 심기가 아주 불편하다. 아직까지도 해적 소탕령이 발효 중이라서 어딜 가도 수군 토벌선들이 득실거리는 터라 때깔 좋은 교역선을 터는 것은 고사하고, 수군 토벌선들을 피해 다니느라 진이 다 빠져 버렸다.

조금 전에도 수군 토벌선을 피해서 이리저리 돌아다니다가 오늘은 해적질을 그만두고 빈손으로 쌍월채로 돌아가는 중이다.

적발귀가 타고 있는 지휘선 쌍월두선만이 아니라 다른 두 척의 해적선도 허탕을 치기는 매한가지다.

쌍월채는 벌써 두 달째 그럴싸한 수입이 전혀 없어서 며칠 지나지 않아 손가락을 빨아야 할 처지에 직면하게 될 것 같았다.

얼마나 심각하냐 하면, 기분이 더러울 대로 더러워진 적발귀가 술 한잔하고 싶은데도 마실 술이 없는 형편이다. 그런 상황이니 적발귀의 심기가 편할 리가 없다. 산 입에 거미줄 치는 일은 없다는데 이건 거미줄이 아니라 곰팡이가 필 지경이다.

"혀, 형님!"

갑자기 저만치에 있던 부채주 두광이 적발귀에게 달려오면서 숨을 헐떡였다.

　술에 취하거나 사석에서는 두 사람이 호형호제하는 사이지만 수하들이 있는 데서 형님이라고 큰 소리로 부르는 게 적발귀는 못마땅했다.

“이놈! 두광!”

“형님! 저기 좀 보십시오!”

　적발귀가 앞 갑판 난간가에 퍼질러서 누워 있다가 상체를 일으키며 인상을 쓰는데도 두광은 여전히 형님이라고 부르면서 달려오더니 덥석 그를 잡고 직접 일으켰다.

　적발귀는 그의 행동이 하도 이상해서 엉거주춤 일어나 그가 가리키는 곳을 멀뚱하게 쳐다보았다.

“도대체 뭘 갖고 그리 수선을…… 엉?”

　바다 저쪽에서 쌍월두선을 향해 곧장 나는 듯이 달려오고 있는 작은 배를 발견한 적발귀는 눈을 휘둥그렇게 뜨며 난간으로 바짝 다가들었다.

“저거… 검귀 누님!”

“천붕호입니다.”

　일전에 천붕호를 약탈하려다가 적발귀 자신을 비롯하여 수하 수십 명이 수진랑 한 사람에게 박살 났었다. 그러면 천붕호를 다시 보면 이가 갈리거나 겁부터 날 텐데 그는 집 나갔다가 엄마를 다시 만난 것처럼 얼굴 가득 반가운 표정이 떠올랐다.

적발귀는 즉시 수하들에게 쌍월두선을 정지시키라고 고래 고래 고함을 지르며 명령했다.

이어서 가까이 다가오고 있는 천붕호의 앞쪽 갑판에 나란히 우뚝 서 있는 수진랑과 한정을 발견하고 손을 흔들면서 우렁찬 목소리로 외쳤다.

"우핫핫! 검귀 누님! 어서 오십시오!"

수진랑과 한정은 두 배의 거리가 오륙 장으로 좁혀지자 천붕호에서 번쩍 신형을 날려 쌍월두선으로 솟구쳤다가 가볍게 적발귀 옆에 내려섰다.

"우웃!"

적발귀와 두광 등은 깜짝 놀라서 한옆으로 피했다가 두 소녀에게 다가왔다.

"검귀 누님! 소제 적발귀 인사드립니다!"

"두, 두광도요."

적발귀와 두광이 공손히 무릎을 꿇고 절을 올리자 수하들도 그 뒤에 늘어서 절했다.

바다의 무법자들이 자신에게 절을 하는 모습을 보면서 수진랑은 쓸쓸한 표정을 지었다.

그러나 그녀는 가타부타 말없이 두 손을 허리에 얹고 그들을 굽어보기만 했다.

그녀는 한정이 무엇 때문에 쌍월채 해적을 찾는 것인지 아까 들었기 때문에 알고 있다.

한정은 온화한 목소리로 모두에게 말했다.

"일어나세요."

"에엣?"

적발귀는 소스라치게 놀라 비명을 질렀다. 너무 놀라서 하마터면 그 자리에 주저앉을 뻔했다.

이곳은 선실이다. 조금 전에 한정은 긴히 할 얘기가 있다면서 적발귀와 두광만을 선실로 불러서 자신의 계획을 이야기해 주었다.

"동업이라니? 저희 같은 해적이라도 상관이 없습니까?"

적발귀는 자신의 귀를 믿지 못하겠다는 표정이다. 왜냐하면 방금 전에 한정이 천붕양행에 대해서 자세히 설명을 한 후에 느닷없이 쌍월채하고 동업하고 싶다고 제안을 했기 때문이다.

눈곱만큼도 예상하지 못했던 일에 적발귀와 두광은 너무 놀란 나머지 입을 쩍 벌린 채 아무 말도 하지 못했다.

한정은 탁자 옆 의자에 단정한 자세로 앉아 있고 그 옆에 수진랑이 호위를 하듯 팔짱을 끼고 우뚝 서 있다.

"어떤가요?"

"어이구! 동업이라니 감지덕지입니다요! 그렇지만 천부당

만부당하신 말씀이기도 하지요. 저희가 어찌 검귀 누님과 동업을 하겠습니까? 그저 수하로 부리셔도 됩니다요!"

한정의 물음에 적발귀는 거구와 우락부락한 용모하고는 달리 두 손을 비벼가며 최대한 몸을 낮춰 말했다.

"그럼 솔직하게 말하겠어요."

한정은 해적들이 끓여온 쓴맛의 차가 담겨 있는 투박한 찻잔을 만지작거렸다.

"우리가 원하는 것은 쌍월채를 통째로 사용하는 것이에요. 그래서 지금부터 세 가지 방법을 말할 테니 그중 좋은 것을 선택해 보세요."

적발귀와 두광은 몸 둘 바를 몰라 전전긍긍했으나 한정은 개의치 않고 희고 빛나는 손가락을 하나씩 접어가면서 차분하게 설명했다.

"첫째, 동업이에요. 쌍월채는 세 척의 배와 모든 인력을 대는 대신 천붕양행 수입의 절반을 갖게 될 거예요."

적발귀와 두광은 천붕양행의 수입이 얼마나 되는지 모르지만 지금으로선 돈에 큰 관심이 없다.

"둘째는 천붕양행이 쌍월채의 전 인원을 고용하는 방식이에요. 그러면 매월 녹봉을 지급하게 될 거예요. 아마 지위에 따라서 차등적이겠지만 평균 은자 백 냥씩은 되지 않을까 생각해요."

"백… 백……."

매월 녹봉이 은자 백 냥이라는 엄청난 말에 너무 놀란 두광이 눈이 뒤집혀져서 말을 더듬었다.

해적들은 해적질을 하지 않을 경우에는 산채에서 먹고 마시는 것이 전부다.

그러므로 그들 각자가 한 달 내내 먹고 마셔도 은자 닷 냥이면 충분하다. 그러므로 해적들에게 은자 백 냥의 가치는 그야말로 무한대인 것이다.

그러나 적발귀는 두 눈을 부릅뜨고 두 주먹을 꽉 움켜쥔 채 똑바로 한정을 주시하고 있었다. 마지막 남은 하나의 방법이 무엇인지 궁금했다.

"셋째, 천붕양행과 쌍월채가 한 식구가 되는 거예요. 즉, 쌍월채는 사라지고 모두 천붕양행 사람이 되는 것이죠."

"셋째! 그걸로 하겠습니다!"

적발귀는 기다렸다는 듯이 커다란 종을 마구 두드리는 듯한 목소리로 외쳤다.

"저, 저도 그걸로 하겠습니다!"

적발귀는 수진랑을 바라보며 존경해 마지않는 열망의 표정을 지었다.

"소제 적발귀! 검귀 누님의 수하가 될 수 있다면 무슨 짓이라도 하겠습니다!"

그는 방향을 틀어 수진랑을 향해 무릎을 꿇고 머리를 조아렸다.

"거두어주십시오, 검귀 누님!"

"내가 어째서 너 같은 놈의 누님이냐?"

수진랑이 얼굴 앞에 평소보다 더 예리한 칼날을 세우고 쨍한 목소리로 꾸짖었다.

그런데도 적발귀는 전혀 흔들리지 않고 꿋꿋했다.

"한 번 누님은 죽을 때까지 누님입니다."

"나는 너 같은 동생 둔 적 없다."

"저는 누님을 누님으로 모셨습니다."

"죽고 싶은 게냐?"

수진랑의 눈에서 와르르 살기가 쏟아지자 적발귀는 움찔 놀라 간이 오그라들었다.

하지만 그는 바로 지금이 남자의 운명을 결정할 순간이라고 굳게 믿었다.

"끝까지 저를 동생으로 인정하지 않으시겠다면 차라리 죽여주십시오."

수진랑의 짙은 눈썹이 상큼 치켜 올랐다. 그리고는 오른손을 들어 올렸다.

적발귀 정도 죽이는 데는 굳이 검을 뽑을 필요도 없다. 단지 주먹 한 방이면 끝난다.

적발귀의 콧등으로 굵은 땀이 흘러내렸다. 그는 태어나서 지금처럼 긴장해 본 적이 없었다.

"언니."

한정이 조용히 말하자 수진랑은 적발귀를 한차례 더욱 무섭게 쏘아보고는 손을 내렸다.

적발귀는 이왕 깡으로 밀어붙인 것 끝장을 보려고 했다.

"저를 동생으로 받아주시는 겁니까?"

수진랑은 아무 말도 하지 않고 그를 외면했다.

"감사합니다! 죽을 때까지 오직 누님만을 모시고 살겠습니다! 절대로 다른 여자에게 한눈팔지 않겠습니다!"

"네놈이 내 남편이냐?"

"앗! 그, 그게 아니라……."

적발귀는 너무 좋아서 싱글벙글했다.

"으헤헤. 어쨌든 앞으로 누님에게 정말 잘하겠습니다."

그는 찬바람이 횡횡 부는 수진랑을 존경의 표정으로 바라보며 두 손을 앞에 모았다.

"그리고 좀 전의 그것, 세 번째로 하겠습니다. 쌍월채가 천붕양행과 한 식구가 되는 것으로……."

"내가 결정하는 게 아니다."

수진랑이 냉랭하게 중얼거리자 나란히 무릎 꿇고 있는 적발귀와 두광은 어리둥절한 표정으로 고개를 들었다.

“그럼 누가?”

“총행주가 부재 시에는 행주가 결정한다.”

수진랑에 의해서 한정이 졸지에 행주가 되었다.

적발귀와 두광의 시선이 한정에게 향했다.

“이분이 행주입니까?”

두 사람이 눈이 부실 정도로 아름다운 한정을 올려다보고 있을 때 수진랑의 냉랭한 목소리가 위에서 뚝 떨어졌다.

“밥통. 정 매에게 제대로 인사해라.”

적발귀는 난감한 표정으로 머리를 북북 긁었다.

“행주의 존함이 ‘정 매’ 입니까? 그럼…….”

두 사람은 제대로 인사를 하기 위해서 부스스 일어섰다.

“그녀의 이름은 한정이다.”

“아… 한정 소저.”

적발귀가 알아들었다는 듯 고개를 끄덕이는데 무림에 대해서 그래도 식견이 있는 두광은 너무 놀라서 입을 쩍 벌리고 한정을 쳐다보았다.

“이 자식…….”

적발귀는 그런 두광을 보고 와락 인상을 썼다.

“채주, 이분은 천추문 소문주입니다…….”

“무슨 헛소리를…….”

“틀림없습니다. 이분 소저는 천추문 소문주이신 항주내미인 한정 소저입니다!"

"정말입니까?"

적발귀는 반신반의하는 멍한 얼굴로 한정을 쳐다보았다.

한정은 멸문당한 천추문을 생각하고 착잡한 표정을 지으
며 고개를 끄덕였다.

"맞아요. 내가 한정이에요."

*　　　*　　　*

"우라질……."

용비의 입에서 욕이 저절로 새어 나왔다.

그가 제아무리 대신의 모든 것을 배웠다고 해도 마을 야산
보다 서너 배 더 큰 정도에 불과한 영은산과 천축산에서 천
명이 훨씬 넘는 적의 포위망을 뚫고 탈출하는 것은 애초부터
불가능했다.

"헉헉헉."

그가 있는 곳은 크고 작은 바위들이 무수히 난립하고 잡목
이 우거져 있는 험준한 바위 언덕이었다.

지금 그 주변에 삼십여 구의 시체가 목불인견의 모습으로
즐비하게 흩어져 있다.

목이나 몸통이 잘렸거나 불타서 숯덩이가 되고 또 얼음덩

이가 된 시체들이다.

사신검과 사공기가 만들어낸 모습이며 하나같이 일격에 당했다는 공통점이 있다.

용비는 처음에 방향을 남쪽으로 잡고 내려갔으나 산중턱에 이르렀을 때 아래에서 치고 올라오는 고수들과 정면으로 마주쳐서 싸움이 벌어졌다.

그때부터 반 시진 동안 한시도 쉴 틈 없이 사신검을 휘두르고 사공기를 발출하여 적들을 죽이고 또 죽였다.

그는 적 한 명을 죽이는 데 한 번 이상의 공격을 허비하지 않았다.

사신검이든 사공기든, 주먹과 발길질이든 단 한 차례로 적을 짓뭉개 버렸다.

그렇더라도 이미 그가 죽인 자들이 백여 명에 달했다. 한 명을 죽이기 위해서는 공력이 그다지 소모되지 않지만, 백여 명이면 얘기가 다르다.

현재의 그는 어느새 절반 정도의 공력을 허비한 상태다. 그것을 보충하려면 운공조식을 하면서 최소한 한 시진 이상 휴식이 필요하다.

또한 공력이 부족하니까 공격도 방어도 제대로 이루어지지 않았다.

그러나 쉴 틈이 있을 리가 없다. 숨 한 번 제대로 크게 쉬지도 못하는 판국이다.

　그는 처음 싸움이 시작된 곳에서 얼마나 내려왔는지도 모르는 상황이다.

　그곳에서 이십여 장도 채 내려오지 못한 것 같다. 그사이에 무려 백여 명이나 죽인 것이다.

　또한 지금 내려가고 있는 방향이 남쪽인지 서쪽인지도 알 수가 없다.

　슬쩍 하늘만 올려다보면 방향을 알 수 있지만 그럴 여유조차도 없다.

　적들이 계속 몰려들고 있으며 또한 공격을 퍼붓고 있기 때문이다.

　하늘을 쳐다보는 순간 당하고 말 것이다. 아주 작은 실수 하나도 곧장 죽음으로 직결되는 상황이다.

　처음에 대여섯 명의 적과 마주쳤을 때에는 재빨리 그들을 죽이고 다른 곳으로 이동해야겠다고 생각했다.

　그런데 그들을 죽이는 사이에 십여 명이 더 나타났으며, 또다시 그들을 죽이고 있을 때 삼십여 명이 한꺼번에 들이닥쳤다.

　그렇게 싸우다 보니까 어느새 백여 명을 죽이게 됐으며, 현재 그의 주위에는 아직도 오십여 명의 적이 더 있다. 그리고 사방 숲에서 꾸역꾸역 적들이 파도처럼 쏟아져 나오고 있는 중이다.

용비는 자신이 지금 싸우고 있는 자들이 누군지도 모르는 상태다.

그들을 제대로 살펴볼 여유 같은 것이 있을 리 없다. 그저 무조건 죽여야 할 자들로만 생각할 뿐이다.

그는 공력이 채 절반도 남아 있지 않은 상태에서 적들은 계속 몰려오고 또 공격을 퍼붓고 있다.

쉬쉬쉬이익!

쐐애애액!

사방에서 귀신 울음소리 같은 파공음이 난무하며 적들의 기합 소리가 천둥처럼 시끄러웠다.

그러나 거기에 섞여서 몽둥이로 젖은 헝겊을 두드리는 소리와 애처롭고 쥐어짜는 듯한 처절한 비명 소리가 청명한 가을하늘로 퍼져 나갔다.

"끄악!"

"크애액!"

용비는 제자리에서 그다지 움직이지 않았다. 적들을 죽이려고 이리 뛰고 저리 뛰고 할 필요가 없다.

적들이 불을 보고 달려드는 불나방처럼 끊임없이 달려들기 때문이다.

그렇다고 해서 아무렇게나 대충 공격을 퍼붓고 있는 것은 결코 아니다.

적들은 나름대로 전력을 다해서 최고의 초식으로 공격을 해오고 있기 때문에 하나라도 놓치거나 피하지 못하면 그것으로 끝장이다.

그래서 용비는 눈을 깜빡이지도 못한다. 한 번 눈을 깜빡이는 순간 당하고 말 것이기 때문이다.

적의 공격에 한 번 당하면 그것으로 끝나지 않는다. 비틀거리거나 공격이 멈칫거리면 적들의 무기가 소나기처럼 그의 온몸을 난도질할 것이다.

그러면 그것으로 끝장이다. 숨이 끊어지면, 그래서 죽으면 모든 것이 소용없다.

살아 있어야만 모친과 친구들도, 그리고 수진랑과 한정에게도 잘해줄 수 있는 것이다.

'이래서는 안 된다.'

절반밖에 남지 않은 공력이 빠르게 더 줄어들고 있는 것을 느끼며 용비는 다른 방법을 찾기 시작했다.

'일단 움직이자.'

제자리에서 한 발자국도 움직이지 못하면 수많은 적을 죄다 불러들여서 싸우다가 결국 이곳이 자신의 무덤이 될 것이라는 생각이 들었다.

한 발자국이라도 더 움직여서 이곳보다는 조금이라도 나

은, 즉 도망치기 좋은 장소를 찾아야만 한다.

그런데 그는 사신검을 미친 듯이 휘두르면서 두어 걸음 내딛다가 한 가지 사실을 깨달았다.

다리가 후들거렸다. 그리고 등과 허리가 서늘하며 뭔가 액체 같은 것이 몸에서 줄줄 새어 나가며, 그것 때문에 기력도 빠져나가는 듯한 것을 느꼈다.

'당했다.'

다리가 후들거리는 것은 다리 어딘가를 도검으로 찔리거나 베였다는 뜻이다. 가벼운 상처라면 이처럼 다리가 후들거리지 않을 것이다.

그리고 등과 허리에서 흘러나가는 것은 피일 것이다. 그도 느끼지 못한 사이에 이미 몇 군데 당하고 말았다. 얼마나 싸움에 집중했으면 자기가 당한 것도 모르고 있었겠는가. 하지만 그나마 다행이다.

당하는 당시에 알았다면 필경 어떤 반응을 보였을 테고, 그러면 공격이 쏟아졌을 것이다.

'몇 발자국 움직이는 것으로는 안 된다. 무조건 여기에서 벗어나야만 한다.'

그러나 어디로 어떻게 도망쳐야 하는지 알 수가 없다. 어딘가를 쳐다봐야지만 그걸 알 수가 있을 텐데 쳐다보는 순간 난도질을 당하고 말 것이다.

“헉헉헉……”

숨이 턱에 차서 당장에라도 심장과 허파가 터져 버릴 것만 같아서 너무 괴로웠다.

죽는 것이 지금 이것보다 더 괴롭지는 않을 것이라는 생각마저 들었다.

그냥 모든 것을 다 포기하고 이대로 주저앉아 수십 자루 무기에 난도질당하여 찰나지간에 숨이 끊어지면 그것으로 편해지지 않을까 하는 생각도 들었다.

그런데 공력을 모을 수가 없다. 한 움큼의 공력이라도 두 발에 모아야지만 몸을 솟구쳐서 이곳을 빠져나갈 수 있을 텐데, 적들의 공격을 막고 또 그들을 죽이는데도 공력이 모자란 형편이다.

공력을 두 다리로 보내려고 시도조차 하지 못했다. 그랬다가는 즉시 공격하고 방어하는 동작에 이상이 생겨서 치명타를 얻어맞고 말 것이다.

콰차차창!

“우웃!”

그때 전면에서 소나기처럼 공격해 오는 여러 자루 도검을 사신검으로 간신히 막아내며 그 여파로 그는 뒤로 주춤주춤 물러났다.

아까까지만 해도 사신검에 부딪치는 도검은 모조리 수수

깡처럼 부러졌는데 지금은 그럴 기운이 없다.

툭!

그때 등에 뭔가 단단한 것이 닿았다. 바위였다. 그 순간 그의 머릿속에서 어떤 생각이 번뜩였다. 바위를 이용해서 탈출하자는 것이다.

'장창!'

그가 속으로 외치는 순간 오른손의 사신검이 열두 자 길이의 장창으로 변했다.

순간 그는 맹렬하게 수평으로 장창을 휘두르면서 왼손으로는 백호공기를 일으켜서 흩뿌리듯이 불기둥을 쏟아냈다.

투화아아―

정상적일 때 전개하는 공격의 위력에는 훨씬 못 미쳤으나 장창과 불기둥이 한꺼번에 여섯 명의 적을 거꾸러뜨리고 대부분의 적을 일순간 뒤로 물러나게 만들었다.

그 순간 용비는 두 발로 힘껏 바닥을 박차고 위로 솟구치며 빙글 반회전하여 바위와 마주 보는 위치가 됐다.

그러나 바위가 너무 크고 높았다. 아니, 그것은 바위가 아니라 암벽이었다.

높이가 무려 삼십여 장이나 되는데 그는 오 장 남짓밖에 솟구치지 못했다. 꼭대기에 이르려면 모자라도 턱없이 모자란 상황이다.

설상가상이다. 그는 암벽 꼭대기에 많은 적이 서 있는 것을 발견했다.

그렇다면 꼭대기까지 오른다고 해도 또 다른 적과 싸우는 것 말고는 달리 뾰족한 방법이 없다.

솟구치는 속도가 떨어지면서 그의 몸이 허공에 멈칫하며 정지했다.

그는 빙글 몸을 돌리면서 암벽을 등진 상태가 되자 발끝을 암벽에 대고 무릎을 잔뜩 굽히며 공력을 모았다.

동시에 어디로 갈 것인지 재빨리 전방을 쓸어보았다. 오른쪽 십여 장 밖은 울창한 숲이고, 정면은 산등성이며 왼쪽에는 아무것도 보이지 않았다.

계곡인 듯했다. 그곳이 적당했다. 일단 계곡 아래로 몸을 날려서 적들의 시야에서 사라진 후에 전력을 다해서 도주하는 것이다.

용비는 순간적으로 왼쪽을 선택하고 온 힘을 다해서 힘껏 암벽을 박차고 쏘아 나갔다.

타앗!

암벽에서 십오륙 장 거리까지는 적들이 대거 몰려 있다. 그 뒤에는 적이 드문드문 서 있을 뿐이다. 그 너머가 용비가 목적하고 있는 계곡이다.

슈욱!

용비는 적들의 머리 위를 빠르게 날아가며 한 뼘이라도 더 가려고 기를 썼다.

그러나 공력이 거의 고갈된 상태이기 때문에 멀리 날아가고 싶은 것은 마음뿐이다.

그는 고작 칠 장여를 날아서 적들 한복판으로 포물선을 그리며 추락하기 시작했다.

힘을 잃고 하강하는 상황이라서 도저히 어떻게 해볼 방법이 없다.

더구나 아래쪽에서는 적들이 용비를 공격하려고 무기를 번뜩이면서 만반의 태세를 갖추고 있었다.

그는 지금까지 최하층 밑바닥 인생을 살아오면서 헤아리기도 어려울 정도로 많은 어려움과 절망을 겪었지만, 그 모든 것을 다 합쳐도 지금의 절망하고 비교할 수는 없을 것 같았다.

암벽으로 솟구치기 전에 장창을 휘두르고 백호공기를 쏟아내느라 전력을 다했으며, 그러고 나서 위로 솟구치고 또 암벽을 박차면서 여기까지 날아오면 마지막 한 움큼의 공력마저도 다 써버렸다.

이제는 저 아래로 추락하면 죽을 수밖에 없겠다는 절망이 뼛속까지 스며들었다.

마침내 적들의 머리 바로 위로 떨어질 때 용비는 어금니를

힘껏 악물고 눈을 부릅뜨면서 두 손으로 장창을 잡고 미친 듯
이 휘둘렀다. 최후의 발악이다. 짓밟힌 지렁이의 꿈틀거림이
다.

　'이대로 죽기는 싫다!'

　그것은 솔직한 심정이다. 누굴 위해서 나는 죽을 수 없다는
것도 아니고, 어떤 일을 이루어야 하기 때문도 아닌, 그저 이
렇게 죽는 것이 싫었다.

　이처럼 형편없는 죽음을 당하려고 그렇게도 벌레처럼 살
아왔다는 말인가.

　찢어죽이고 싶도록 가증스러운 운명의 신이 장막 뒤에 숨
어서 키득거리며 득의하게 웃는 꼴이 보기 싫어서라도 이렇
게 죽을 수는 없는 것이다.

　"으아아아―!"

　그는 악에 받쳐서 젖 먹던 힘을 다해 장창을 휘두르며 적들
에 부딪쳐 갔다.

　콰차차차창!

　퍼퍼퍼퍽!

　장창이 무기와 적들을 태풍처럼 쓸어버렸다. 촛불이 마지
막에 꺼지기 전에 한차례 밝은 빛을 발하는 것이 지금 그의
상황하고 흡사했다.

　퍼퍼퍽!

용비는 죽거나 다친 적들 몸뚱이 위로 한 덩이가 되어 나뒹굴었다.

그리고는 잠시 정신이 없었다. 머리가 멍한 상태에서 비틀거리며 일어나려는데 사방에서 기다렸다는 듯이 소나기처럼 도검이 쏟아져 왔다.

쏴아앗—

용비는 정신이 반쯤 돌아오고 있는 상태에서 그 소리를 들었다. 그리고 자신의 생이 여기에서 끝나는 것이라는 생각이 들었다.

"죽이지 마라! 산 채로 제압해야 한다!"

그때 누군가 쩌렁한 목소리로 외쳤다.

그러자 무지막지하게 쏟아지던 공격이 주춤했다. 용비는 지금 이 순간이 절망에서 벗어날 수 있는 유일한 기회라고 판단했다.

그 짧은 순간에 그는 숨을 크게 들이마셨다가 힘껏 허공으로 뛰어오르며 오른손의 장창을 뻗었다.

'밧줄!'

죽을힘을 다해서 도약했는데도 그는 일 장도 채 솟구치지 못했다.

슛—

그 순간 오른손의 장창, 즉 사신검이 밧줄로 화해서 빛살처럼 쏘아나가 한쪽 방향의 높은 나뭇가지에 감겼다. 그와 동시에 그는 나뭇가지를 향해 빠르게 끌려갔다.

순식간에 사라져 버린 용비 때문에 적들은 닭 쫓던 개가 되고 말았다.

용비는 나뭇가지에 묶였던 사신검을 줄여서 다시 검으로 만들었다.

자신의 힘이 아닌 사신검의 힘에 의해서 그는 허공으로 훌훌 날아갔다.

무심코 힐끗 뒤돌아보던 그는 흑의단삼을 입은 한 인물이 자신을 추격하고 있는 것을 발견했다.

한눈에도 그자는 다른 평범한 적들하고는 달라 보였다. 그는 발끝으로 다른 사람의 머리를 연이어 밟으면서 용비보다 훨씬 빠른 속도로 거리를 좁혀오더니 순식간에 이 장으로 좁혀졌다.

용비의 시선이 그자의 얼굴에 못 박혔다. 강파른 용모에 관록과 경험이 서려 있으며 용비를 반드시 잡고야 말겠다는 단호함, 그리고 은은한 원한이 서려 있었다. 일개 수하가 그런 모습과 표정을 지을 리가 없다.

'저자……'

용비로서는 한 번도 본 적이 없는 인물이다. 그런데도 그자를 보는 순간 심장에 비수가 꽂히듯이 깨달아지는 사실이 있었다.

‘유혼도!’

혈풍도대 제팔조장 유혼도라는 사실을 보는 순간 알 수 있었다.

“……!”

그 순간 번쩍 정신이 들었다. 유혼도라고 확신하는 인물이 어느새 일 장 거리까지 쇄도하고 있었다.

용비를 잡으려는 듯 유혼도가 손을 뻗었으나 거리가 두어 뼘 정도 모자랐다.

그 손이 점점 더 가까이 다가오자 용비는 곧 그에게 잡힐 것이라고 생각했다. 그가 더 빠르기 때문에 그럴 수밖에 없는 상황이다.

그런데 문득 유혼도의 얼굴에 어떤 아쉬운 기색이 떠올랐다. 이제 목적을 이루게 되었는데 어째서 저런 표정을 짓는 것일까 하는 생각이 들었다.

그러더니 뻗었던 유혼도의 손이 빠르게 멀어져 갔다. 그가 손을 거둔 것이 아니라 그 자리에 멈추면서 용비가 멀어지고 있는 것이다.

용비는 유혼도가 어째서 다 잡게 된 자신을 포기하는 것인지 이유를 알지 못했다.

하지만 곧 알게 되었다. 갑자기 유혼도가 저만치 위로 불쑥 솟구쳤다.

용비는 그를 보기 위해서 고개를 위로 들어야만 했다. 그러나 그의 모습은 곧 사라졌다. 그리고 단단한 절벽이 용비의 눈앞에 가득 나타났다.

그는 절벽 아래로 추락하고 있었던 것이다. 그래서 유혼도는 마지막 순간에 멈출 수밖에 없었다. 용비를 잡으면 그도 함께 절벽 아래로 추락할 수밖에 없기 때문이다.

용비는 급히 아래를 내려다보았다. 그러나 저 아래로 안개만 자욱할 뿐 아무것도 보이지 않았다.

第四十二章　암중의 은인

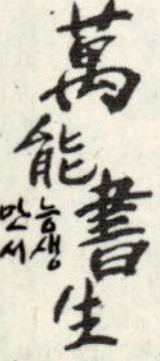

　항주 토박이인 용비라고 해도 영은산과 천축산까지 상세
하게 알고 있을 수는 없다.

　이 두 개의 산은 규모가 그다지 크지는 않지만 작은 산치고
는 매우 험준한 편이다. 그런데 설마 이런 깊은 절곡이 있을
줄은 몰랐다.

　쉬이이—

　용비는 몸이 빙글빙글 돌면서 매우 빠른 속도로 하강하는
중이다.

　절곡이 얼마나 깊은지 꽤 오랜 시간 동안 추락하고 있는데

아직도 바닥에 닿지 않았다.

오히려 그것에 감사해야 한다. 바닥에 도달했으면 그는 온몸이 산산조각 났을 것이다.

추락하는 시간이 길수록 속도는 점점 더 빨라졌다. 날카로운 파공성이 귀청을 찢을 듯했다.

언제 바닥에 도달할지 모른다. 지금 당장일 수도 있고 촌각후일 수도 있다.

마냥 끝없이 추락하지는 않을 것이다. 언젠가는 밑바닥과 충돌하고 말 것이다.

그전에 추락하는 속도를 늦추거나 어떤 방법을 찾지 못하면 뼈도 추리지 못할 터이다.

'사신검!'

용비는 속으로 다급하게 외치면서 오른손을 절벽을 향해 힘껏 뻗었다.

슈욱― 팍!

사신검은 언제 어느 상황에서도 가장 빠르게 반응했다. 그의 손에서 뻗어 나간 사신검이 절벽에 깊숙이 꽂혔다.

파파팍.

"우웃……."

사신검이 절벽에 꽂힌 상태에서 직선을 그으며 아래로 죽내려가자 용비는 손아귀가 찢어졌으며 팔이 떨어져 나갈 것 같은 고통을 느꼈다.

만약 사신검이 보통의 검이었으면 벌써 그의 손에서 벗어났을 것이다.

그가 명령하지 않는 한 사신검은 그의 분신처럼 절대로 몸에서 벗어나지 않는다.

'으윽! 팔을 감아라……'

그의 내심의 명령이 떨어지자마자 사신검이 늘어나면서 그의 팔을 칭칭 감아버렸다.

그렇게 하니까 떨어져 나갈 것 같은 팔의 통증이 어느 정도 완화되면서 이윽고 추락하는 것이 멈춰졌다.

그제야 절곡의 밑바닥이 보였다. 그런데도 아직 이십여 장 높이였다.

그는 사신검을 길게 늘어나게 했다. 사신검이 점점 가늘어지면서 그의 몸이 절곡 바닥에서 삼 장쯤 이르렀다. 그는 사신검을 절벽에서 뽑아 아래로 뛰어내렸다.

쿵!

"으……."

평소 같으면 아무것도 아닌 삼 장 높이인데 그는 바닥에 나뒹굴면서 극심한 통증을 느꼈다.

그러고 나서야 그는 자신의 몸이 평소 상태가 아니라는 것을 깨달았다.

“으으……”

그는 웅크린 채 몸을 부들부들 떨었다. 공력이 바닥인데다 온몸에 입은 상처 때문에 저절로 몸이 마구 떨리면서 정신까지 아득해졌다.

그래서 차라리 정신을 잃어버리면 편해질 것 같다는 생각마저 들었다.

그런데도 알 수 없는 한 가닥 질긴 신념 같은 것이 지금 여기에서 정신을 잃어서는 안 된다고, 어서 깨어나라고 그를 채근했다.

‘여기에서 벗어나야 한다……’

유혼도와 적들이 곧 이곳에 들이닥칠 것이다. 절곡이 아무리 깊다 한들 그저 깊은 절곡일 뿐이다.

그들이라면 용비가 지옥에 떨어졌다고 해도 절대로 포기하지 않을 터이다.

“끄으……”

그는 안간힘을 써서 일단 일어나 앉았다. 그것만으로도 사지가 조각나는 것 같았다. 그는 헐떡이면서 자신의 상처를 둘러보았다.

치료하려는 것이 아니라 지혈을 하려는 것이다. 계속 피를 흘린다면 이곳에서 벗어난다고 해도 핏자국이 남을 것이기 때문이다.

다친 곳이 한두 군데가 아니었다. 대충 훑어봐도 다섯 군데쯤 심한 상처를 입었다.

그 외에 자잘한 상처는 말할 것도 없다. 다 합치면 삼십 곳 이상 상처를 입은 것 같았다.

어금니를 악물고 지혈을 하려는데 팔이 부들부들 떨려서 뜻대로 되지 않았다.

그렇게 어렵사리 지혈한 후에 사신검을 지팡이처럼 만들어서 그걸 짚고 바들바들 떨면서 일어섰다.

자꾸만 무릎이 꺾였다. 임시로 다리의 상처만이라도 치료하려고 치료에 능한 주작공기를 끌어올리려고 했으나 단 한 줌도 모이지 않았다.

어쩔 수 없이 사신검에 온몸을 의지한 채 절뚝거리면서 걸음을 옮기기 시작했다.

처음에 떨어진 절곡에서 기를 쓰고 오백 장 정도 움직이고 나서는 더 이상 한 발자국도 갈 수 없는 상황에 이르러 주저 앉고 말았다.

절곡 맞은편은 가파른 산비탈이었다. 용비는 절곡에서 아래쪽으로 이백여 장 내려갔다가 맞은편 산비탈을 비스듬히 삼백여 장 오르다가 멈춘 상태다.

그곳은 제법 잡목 숲이 우거졌으며 지형이 울퉁불퉁했고

바위들이 흩어져 있었다.

여기까지 오는 동안 핏자국은 물론이고 발자국이나 흔적을 남기지 않으려고 최대한 애를 썼다.

하지만 애를 썼을 뿐이지 흔적이 전혀 남지 않았다고는 장담할 수가 없다.

용비는 터져 나오려는 거친 숨소리를 간신히 참으면서 두 개의 바위 틈새로 저 아래 절곡을 내려다보았다.

그가 추락했던 지점에 벌써 적 수십 명이 도착하여 주위를 샅샅이 살피고 있는 모습이 보였다. 피하는 것이 조금만 늦었더라면 꼼짝없이 붙잡힐 뻔했다.

그런데 현재 그가 있는 곳과 적이 있는 곳까지의 거리가 매우 가까워 보였다.

죽을힘을 다해서 오백여 장이나 기다시피 왔는데 몇 걸음 벗어나지 못한 것 같아서 맥이 빠졌다.

평지였다면 꽤 멀리 벗어난 것처럼 보이겠지만 절곡과 가파른 산비탈이라서 직선거리는 가까운 것이다.

그렇지만 지금 상황에서는 죽으면 죽었지 한 걸음도 더 움직일 수가 없다.

아니, 설혹 움직일 만한 힘이 남아 있다고 해도 지금 움직이다가는 적에게 발각되고 말 것이다.

적들은 금세 백여 명으로 불어났으며 근처로 흩어지면서

이 잡듯이 수색하기 시작했다.

용비는 웅크린 자세에서 급히 주위를 둘러보았다. 도망치는 것은 불가능하기 때문에 숨을 곳을 찾는 것이다. 추격자들이 물러갈 때까지 은신처에서 운공조식을 하여 기운을 차려야만 한다.

얼마나 시간이 흘렀는지 알 수가 없다. 비좁은 바위 틈새로 억지로 파고들어 와 그나마 깊숙한 곳에 아담한 공간을 발견하여 그곳에서 정신없이 운공조식을 했다.

그곳은 커다란 바위 서너 개가 서로 겹치고 포개진 곳 아래쪽에 자연적으로 생긴 공간이다.

그러나 용비는 숨어든 곳이 안전한지 그렇지 않은지 제대로 확인할 겨를도 없었다.

절곡에 쏟아져 내려온 적이 산비탈을 오르면서 수색을 사작했으므로 어디든 숨어야만 했다.

그래서 한시바삐 공력을 되찾아야만 했기 때문에 아무 곳이나 대충 숨어들었고, 그곳이 안전하기를 빌었다.

그런데 세 차례 운공조식을 하는 동안 운이 좋았던 것인지 아니면 그가 기막힌 은신처에 숨은 것인지 별다른 일이 일어나지 않았다.

줄기찬 노력으로 공력은 사 할쯤 회복되었다. 그것으로는 턱없이 부족하지만 운공조식을 더 할 수는 없다.

이곳이 언제 발각될지 모르기 때문에 더 안전한 장소를 찾든가 이곳을 벗어나서 연충이 기다리고 있는 오운하 천축산 기슭으로 가야 한다.

그가 있는 곳은 매우 어두웠다. 밤은 아닐 텐데 빛이 전혀 스며들지 않았다.

일어서려고 하니까 금세 머리가 바위에 닿았다. 엉금엉금 기어서 아까 들어왔던 입구 쪽으로 갔다. 들어올 때 발버둥을 치다시피 해서 겨우 성공했는데 나갈 때도 그렇게 하면 될 것 같았다.

그런데 그가 들어왔던 비좁은 입구가 무엇인가로 막혀 있었다. 손을 뻗으니 단단한 돌이 만져졌다.

입구를 바위로 막은 것 같은데 자신이 그렇게 한 기억이 나지 않았다.

어쩌면 비몽사몽간에 자신이 그래 놓고서 기억을 못하는 것인지도 몰랐다.

청력을 잔뜩 돋우고 귀를 기울여서 바깥의 기척을 살폈으나 아무 소리도 기척도 감지되지 않았다.

세 차례 운공조식을 했으니까 약 한 시진가량 흘렀을 것이다. 그 정도 시간이면 적은 이미 이곳의 수색을 끝내고 지나갔을 것이다.

손에 힘을 주어 바위를 밀었으나 꼼짝도 하지 않았다. 조금 더 힘을 주니까 들썩거렸다.

쾌나 큰 바위인 듯했다. 기어드느라 정신이 없는 상황에 이처럼 큰 바위로 입구를 막아놓다니 지금 생각하면 신기하기만 했다.

드긍.

힘을 더 주니까 바위가 묵직하게 한옆으로 물러나며 비로소 나갈 틈이 생겼다.

밖은 밤이었다. 세 차례 운공조식에 생각했던 것보다 시간이 더 많이 흘렀다.

'이것을 내가?

밖으로 나와 주저앉은 용비는 자신의 몸 서너 배 크기의 바위가 입구 옆으로 비껴나 있는 것을 쳐다보면서 조금 어이가 없었다.

그 당시에는 자신의 몸조차 지탱하기 어려운 상황이었는데 이처럼 큰 바위로 입구를 막았다는 것이 도저히 믿어지지 않았다.

'이것은 내가 한 게 아니다.'

그 당시에 아무리 정신이 없었기로서니 이것을 기억하지 못할 리가 없다.

더구나 그는 바위 틈새 안으로 들어가 있는 상태에서 어떻게 이런 바위로 입구를 막았겠는가. 그것은 밖에서만이 할 수 있는 일이다.

'대체 누가……'

용비는 누군가 밖에서 바위로 입구를 봉쇄해 준 것이라는 결론을 내렸다.

그렇지만 그것 역시 있을 수 없는 일이다. 적지 한복판에서 대저 누가 그를 도와주었다는 말인가. 그는 내내 혈혈단신이었다.

하지만 여기에 벌어져 있는 상황은 입구를 바위로 막아준 사람이 분명히 있으며, 그가 적이 아니라 친구라고 말해주고 있다.

그것만은 분명하다. 적이었으면 용비가 운공조식을 세 차례나 하도록 내버려 두지 않았을 테고, 벌써 제압하여 끌고 갔을 것이다. 그냥 내버려 뒀을 이유가 없다.

용비는 자기를 도와준 사람이 누군지 이유가 무엇인지 도저히 알 수가 없다.

그러나 지금은 풀리지 않는 의문을 품고 쓸데없이 시간을 허비하고 있을 수가 없다.

그때 그의 눈에 띄는 것이 하나 있었다. 방금 밀어젖힌 커다란 바위 옆에 한 벌의 옷이 개어져 있고 그 위에 한 자루 도가 놓여 있었다.

조심스럽게 옷을 펼쳐 보니까 한 벌의 황의 경장이며 왼쪽 가슴에 승천하는 한 마리 푸른색의 용이 수놓아져 있었다.

'신룡보!'

용비는 그 옷이 신룡보 수하들만이 입는다는 것을 잘 알고 있다.

이 옷을 이곳에 놔둔 사람은 용비더러 이 옷으로 갈아입으라는 뜻이 분명하다.

그런데 어째서 신룡보 옷인가. 혹시 암중인은 신룡보 사람인가? 아닐 것이다.

만약 입장이 바뀌어서 용비가 도움을 주는 쪽이고 또 신룡보 사람이라면 이런 상황에는 자기 방파의 옷 말고 다른 옷을 놔두었을 것이다.

어쨌든 암중인은 용비를 위해서 입구를 바위로 막아주고 옷까지 놔두었다.

지금 용비가 입고 있는 옷은 갈가리 찢어지고 피범벅이라서 이미 옷의 기능을 상실했다.

암중인이 옷을 놔둔 이유는 옷의 기능을 상실한 옷을 버리고 새 옷을 갈아입으라는 그런 단순한 것이 아닐 것이다.

아마도 신룡보의 옷을 입고 신룡보 수하 행세를 하면서 이곳 사지에서 탈출하라는 뜻일 게다.

암중인은 비단 용비가 숨어서 안전하게 운공할 수 있도록 입구에 바위를 막아서 조치를 취했을 뿐만 아니라 탈출할 수 있는 방법까지도 마련해 주었다.

평범한 일상생활에서 한 끼 식사를 대접받는 것은 별것 아니지만, 배가 고파서 죽어가는 상황에 한 끼 식사는 생명을 이어주는 은혜다.

그런데 이것은 한 끼 식사 정도가 아니다. 지금 용비에겐 한 줄기 희망의 빛이다.

마침내 용비는 암중인을 신뢰하기로 마음먹었다. 그를 믿지 못한다면 천하에 믿을 사람이 단 한 명도 없을 것이다. 또한 지금의 용비에게 암중인은 유일한 희망이다.

주위를 조심스럽게 둘러보고 기척을 살폈으나 아무것도 감지되지 않았다. 암중인은 근처에 없는 것 같았다.

그는 즉시 신룡보 수하의 복장으로 갈아입었다. 그러고 나서 생각해 보니까 이 복장으로 신룡보 수하 행세를 하면 탈출이 어렵지 않을 것 같았다.

머리를 매만지고 옷매무새를 가다듬은 후에 어깨에 도가지 붙들어 매고 나니까 그는 누가 보더라도 어엿한 신룡보 수하로 변신했다.

그제야 산비탈 아래 절곡을 내려다보았다. 숨어 있던 곳에서 나온 이후 연이어서 놀랄 일이 벌어지는 바람에 이제야 주변을 살펴봐야겠다는 생각이 들었다.

절곡은 물론이고 산비탈에도 아무도 눈에 띄지 않았다. 그가 절곡에 추락한 이후 한 시진, 아니, 날이 어두워진 것으로 미루어 더 많은 시간이 흐른 것 같은데, 적들이 지금까지 이곳에 있을 리가 없다.

용비는 산비탈을 오르려고 잡목 숲으로 들어갔다. 그러나 숲이 너무 우거져서 지나가지 못할 것 같아 다시 되돌아 나오려고 하다가 무성한 덤불 속에서 어떤 물체가 있는 것을 발견하고 멈칫했다.

조심스럽게 살펴보니 세 구의 시체가 덤불 속에 구겨진 채 놓여 있었다.

홍의를 입었으며 반월처럼 휘어진 검, 즉 반월검(半月劍)을 손에 쥐고 있는 그자들은 항주오세 중에 홍의검문 고수들이 분명했다.

그자들은 한결같이 급소에 찔린 작은 상처가 났으며 피를 흘리지 않은 상태로 죽어 있었다. 단번에 죽인 깔끔하고 정교한 솜씨였다.

용비는 세 구의 시체가 왜 이곳에 감춰져 있는지 오래 생각하지 않아도 깨달을 수 있었다.

혈풍도대는 풍운방뿐만이 아니라 다른 항주삼세의 고수들도 동원하여 용비를 수색했다.

그 과정에 이들 홍의검문 검수들이 용비가 운공조식을 하고 있는 은신처를 발견했을 것이다. 그래서 암중인이 이들을 죽여 시체를 감춘 것이 분명하다. 그렇다면 암중인은 용비를 한두 번 살린 것이 아니다.

'대체 누군가?'

용비는 정체를 짐작조차 하지 못하는 암중인에게 무한한 고마움을 느꼈다.

으스름한 달빛이 산중을 쓰다듬듯이 비추고 있다.

한 시진 후, 용비는 숨어 있던 곳에서 동남쪽으로 오 리가량 이동하여 천축산 내에 있었다.

그의 계산대로라면 앞으로 삼 리쯤 더 가면 연충과 만나기로 한 오운하 천축산 기슭일 것이다.

이곳이 기로다. 동쪽으로 가면 천축산 기슭이고, 남쪽으로 가면 전당강이며 몇 개의 작은 어촌이 있다.

연충이 아직까지 기다리고 있을 것인지는 의문이다. 그는 기다리려고 해도 적들이 그곳까지 수색하고 있다면 자리를 뜰 수밖에 없을 것이다.

용비는 어느 계류가에 잠시 멈춰서 생각에 잠겼다. 연충을 만나러 약속장소로 가야 하는지, 아니면 이대로 혼자 탈출을 감행할 것인지에 대해서다.

생각은 길지 않았다. 이대로 탈출해야겠다고 결정했다. 연충하고의 약속이 중요한 것이 아니다. 그는 용비를 탈출시키기 위해서 그곳에서 기다리고 있는 것이다. 중요한 것은 용비의 탈출이다.

용비는 계류를 따라 하류로 내려가기 시작했다. 걸음이 점점 빨라져서 나중에는 호주를 전개했다. 이즈음의 그는 공력이 육 할 정도로 회복된 상태다. 싸움을 하지 않고 휴식을 취하면서 천천히 이동한 덕분이다.

그가 따라가고 있는 계류의 이름은 모른다. 어쩌면 이름 같은 것은 원래부터 없었는지도 모른다.

그러나 남쪽으로 흐르는 것으로 미루어 오운하와 합쳐질 것이고, 마지막에는 전당강으로 흘러들 것이라고 추측했다. 영은산에는 동쪽으로 흘러서 이호로 흘러드는 계류뿐이고, 천축산의 계류는 남쪽으로 흐른다는 사실은 항주 토박이면 다들 알고 있다.

용비가 짐작한 대로 계류는 오운하와 합류했다.

그곳에서부터는 제법 강의 모양을 갖추었으며, 완만한 경사의 언덕이 펼쳐졌고, 근처의 농민들이 개간한 밭들이 누더기 같은 모양으로 강을 따라 이어졌다.

용비는 강둑의 오솔길보다는 조금 넓은 길을 따라서 호주를 전개하여 달려갔다.

전력을 다하지 않고 달리는 덕분에 그는 꾸준한 휴식을 취하게 되었고 공력이 팔 할 정도 회복되었다.

밤하늘의 달과 별자리를 보니 술시(밤 8시)쯤 된 것 같았다.

연충과 만나기로 한 천축산 기슭은 오운하를 따라서 상류로 삼 리 정도 더 올라가야 한다.

하지만 이제 위험을 다 벗어났는데 일부러 사지로 들어가고 싶은 마음은 들지 않았다.

연충은 그곳에서 기다리다가 용비가 오지 않으면 알아서 철수할 것이다.

문득 용비는 직선으로 곧게 뻗은 강둑 전방에서 누군가 마주 오고 있는 것을 발견하고 달리던 속도를 줄였다.

맞은편에서 세 개의 검은 그림자가 용비 쪽을 향해서 달려오고 있었다.

그들은 거리가 멀어서 아직 용비를 발견하지 못한 듯 경공을 발휘하여 곧장 달려왔다.

용비는 속도를 현저히 늦추고 어떻게 할지 잠시 생각하다가 그냥 마주쳐 가기로 했다.

지금 그는 신룡보 고수의 복장을 하고 있으므로 태연하게 행동하면 된다.

숨거나 이상한 행동을 하면 그것이 오히려 상대의 의심을 사게 될 것이다.

상대가 십여 장쯤 가까워졌을 때 용비는 움찔했다. 상대가 입고 있는 옷의 색이 자신과 같은 황의다. 그리고 다음에는 그들의 왼쪽 가슴에 푸른색 용이 수놓아져 있는 것이 시야에 꽂혀들었다.

'신룡보!'

피하는 것은 늦었다. 강둑의 한쪽은 강이고 반대편은 평평한 밭인데 숨을 곳도 없다.

그러는 사이에 양쪽의 거리는 더 가까워졌다. 이 상황에서 멈칫거리거나 허둥대면 상대가 즉시 눈치챌 수 있을 만한 거리다. 지금 할 수 있는 일은 딱 하나다.

'나는 신룡보 수하다.'

마주 오는 신룡보 고수는 세 명이며 모두 큼직한 자루나 보따리 같은 것들을 메거나 들고 있었다.

가까이 다가오기도 전에 요리 냄새가 확 끼쳐 왔다. 이들은 산에 있는 신룡보 고수들의 먹을 것을 구하러 마을에 갔다가 돌아오는 길인 것 같았다.

이윽고 삼 장 거리로 가까워졌다. 이럴 때 필요한 것은 자연스러운 미소다.

용비는 미소를 지었다. 익숙하지 않은 탓에 입가와 뺨이 퍼석퍼석하고 잔 경련이 일어나는 것 같았다. 이럴 줄 알았으면 평소에 자주 미소를 지을 걸 그랬다.

신룡보 고수 세 명이 마주 오는 용비를 일제히 쳐다보았다. 이런 곳에서 동료를 만날 확률이 얼마나 되겠는가. 그들은 반갑게 웃으며 한마디씩 했다.

"어이!"

"하하! 먹을 것 좀 줄까?"

용비는 그저 미소 지으며 스쳐 지나갔다.

"자네 어디 가나?"

용비가 막 세 사람을 지나쳤을 때 그런 물음이 뒷덜미를 붙잡았다.

여기에서 대답을 잘해야만 한다. 아무것도 아닌 질문 같지만 아무렇게나 대답했다가는 가짜 신룡보 수하라는 것이 들통 나고 만다.

까짓것 이들을 죽여 버리면 간단하지만 이곳은 사방이 탁 트여서 그 광경을 누가 볼 수도 있다. 여하튼 여러 면으로 봤을 때 그냥 순조롭게 넘어가는 편이 좋다.

"소문주 심부름이야."

용비는 힐끗 뒤돌아보면서 그렇게 말하고 계속 달려갔다.

그의 뒤에서 세 사람이 킬킬거리는 소리가 들렸다.

"우헤헤! 이제 보니 자네 반갈(潘喝) 전령이로구만?"

"하하하! 무슨 일인지는 몰라도 반갈 심부름이라면 고생문이 훤하네그려!"

용비가 신룡보에서 아는 사람이 흑룡가인 반아미뿐이라서 급한 김에 그녀를 팔았는데 별명이 '반갈' 일 줄은 몰랐다. 수하들에게 얼마나 호통을 쳤으면 별명이 '갈(喝)' 이겠는가. 어쨌든 그로써 고비를 넘겼다.

第四十三章 매향소녀(梅香少女)

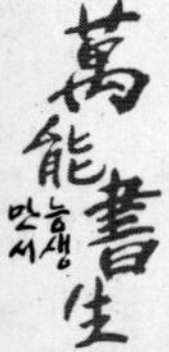

신룡보 수하들을 지나치고 반 각쯤 지나 오운하의 강폭이 꽤 넓어졌을 때 용비는 전방의 강둑 멀리에서 또 한 사람이 마주 다가오는 것을 발견했다.

이번에는 한 명이다. 가녀린 체구에 긴 머리카락이 바람에 나부끼는 것으로 미루어 여자였다.

조금 더 가까워지니까 화려하지는 않지만 하늘색과 연분홍이 적당히 섞인 비단으로 만든 고급스러운 산뜻한 옷을 입은 것을 알 수 있었다.

한밤중에 이렇게 외진 강둑길을 걷기에는 어울리지 않는

복장이고 또 사람이었다.

나이는 십팔구 세 정도에 멀리에서 봤는데도 얼굴에서 은은한 빛이 나는 것처럼 백옥처럼 흰 살결을 지녔다.

용비는 그녀가 적어도 혈풍도대하고는 관계가 없을 것이라고 생각했다.

그녀는 용비가 가까이 다가오고 있는데도 시선을 먼 곳에 둔 채 사뿐사뿐 걸어오고 있었다.

용비가 보기에 그녀는 무공을 전혀 모르는 것 같았다. 무공을 익힌 사람은 보기만 해도 안다.

뼈가 없는 듯 하늘하늘 여린 소녀가 한밤중에 이런 외진 곳을 무슨 일로 걷고 있는지 모를 일이다.

하지만 자신하고는 상관없는 일이라면 철저히 무시하는 것이 용비의 성격이다.

그녀와의 거리가 다섯 걸음으로 좁혀졌을 때 용비는 그나마 천천히 달리는 것마저도 멈추고 걷기 시작했는데 그때 코끝을 알싸하게 맴도는 그윽한 향기를 느꼈다.

매화 향기, 즉 매향(梅香)이다. 매화나무가 아닌 사람에게서 매향이 풍겨지다니 의외다. 하지만 그것도 용비의 관심을 끌기에는 부족했다.

슥.

그가 막 매향의 소녀를 지나치려고 할 때 그녀가 조용히 입을 열었다.

"저 산에 사람들이 있나요?"

그녀는 몸에서만 매향을 풍기는 것이 아니었다. 목소리에도 향기가 배어 있었다.

꽃잎끼리 서로 부대끼고 스치면서 향기를 폴폴 풍겨내는 듯한 사근거리는 향기로운 목소리다.

용비는 무시하고 그냥 걸어갔다. 몇 걸음 더 걷다가 호주를 전개하여 달리려고 생각했다.

"이봐요. 내가 물었잖아요. 저기에 사람들이 있나요?"

그래도 용비는 또 무시했다. 처음 보는 소녀의 얼토당토않은 물음에 대답을 해줄 만큼 그는 한가하지가 않다.

또한 그녀가 저 산, 즉 천축산에 사람이 있는지에 대해서 묻는 것을 보고 어쩌면 그녀도 혈풍도대와 한 패인가 하는 생각이 들어서 경계심이 일었다.

"사람을 무시하면 못써요."

그녀가 용비를 향해 돌아선 모양이다. 향기를 풍기는 목소리가 그의 뒤통수에 부딪쳤다.

매향소녀의 꾸짖음에도 용비는 개의치 않았다. 사람을 무시하면 못쓰다니 누가 할 소린가. 용비는 이제껏 수없이 무시를 당하면서 살아왔다.

한 번 무시를 당할 때마다 한 냥씩 받았으면 중원제일의 거부가 됐을 것이다.

용비는 어서 이곳을 벗어나기 위해서 호주를 전개하려고 숨을 크게 한 모금 들이마신 후에 공력을 끌어올려 전방으로 쏘아나갔다.

"당신 귀머거리예요?"

"……!"

그런데 느닷없이 매향소녀가 코앞에 나타나며 불쑥 말하는 바람에 용비는 움찔 신형을 멈추었다.

아니, 막 달리기 시작한 상태라서 급히 멈추지 못하고 이 장 정도 더 나아간 후에야 멈췄다.

그런데 놀라운 일이 일어났다. 매향소녀가 불쑥 나타난 것은 용비의 두 걸음 앞이었다.

그 상황에서 그가 이 장을 더 나아가면 당연히 부딪쳐야 하는데 그녀는 그와 똑같은 속도로 뒤로 둥실 물러났다가 그가 멈추자 그녀도 원래 그 자리에 서 있었던 것처럼 자연스럽게 멈추었다.

용비는 적잖이 놀랐다. 그는 지금껏 몇몇 고수들을 만났지만 이 소녀 정도의 고수는 처음이다. 강호에 대한 경험이 거의 없는 그가 보기에도 매향소녀는 대단한 고수인 것이 분명했다.

그는 본능적으로 긴장했다. 매향소녀의 가녀리고 연약한 모습이며 눈부신 미모는 조금도 눈에 들어오지 않았다. 다만 그녀가 만약 적이라면 어떻게 대처해야 할지 그 생각만 머릿속에 가득 찼다. 그로 인해서 알 수 없는 긴장이 팽팽하게 그를 지배했다.

매향소녀는 용비를 주시하면서 초승달 같은 아미를 살짝 찌푸렸다.

용비가 경계심에 약간의 적의를 품자 그에게서 원래의 살벌한 분위기와 기도가 뭉클뭉클 뿜어져 나왔기 때문이다.

매향소녀는 용비를 마치 징그러운 짐승이나 저승사자를 보는 것처럼 눈살을 찌푸렸다.

그녀는 두 걸음 앞에서 용비를 말끄러미 주시하며 매향 가득한 향기로운 목소리로 물었다.

"당신 귀머거리냐고요?"

"아니오."

"그런데 왜 내가 묻는데도 대답하지 않고 그냥 간 거죠?"

매향소녀는 두 손을 허리에 얹었다. 한 줌도 되지 않을 듯한 가느다란 허리가 드러났다.

"내가 낭자에게 반드시 대답을 해야 할 의무는 없소."

"흥! 내가 물으면 누구든지 대답해야만 해요."

용비는 그녀가 대단한 고수라고 생각하지만 안하무인으로 나오자 은근히 배알이 뒤틀렸다.

"나는 누구든지가 아니오."

"당신이 누군지는 상관없어요. 만약 이번에도 묻는 말에 대답하지 않는다면 따끔한 맛을 보게 될 거예요."

무시당하는 것에 이력이 난 용비지만 이제는 그 누구의 무시도 참고 싶지 않았다.

더구나 이마빼기에 피도 마르지 않은 해맑간 소녀의 무시는 더욱 그랬다.

그래서 그는 은연중에 공력을 잔뜩 끌어올려 매향소녀의 공격에 대비했다.

물론 그는 매향소녀가 다시 물어도 대답하고 싶은 마음이 눈곱만큼도 없다.

매향소녀는 여전히 두 손을 양 허리에 얹고 차분한 모습으로 말했다.

"저 산에 사람들이 있나요?"

용비는 대답하지 않았다. 뿐만 아니라 걸음을 옮겨 그녀 왼쪽으로 스쳐 지나가려고 했다.

그냥 지나가는 것이 아니라 만약 그녀가 공격한다면 가장 적절한 반격 위치와 기회를 잡으려고 그녀의 옆모습을 뚫어지게 주시했다.

그녀와의 거리는 한 자밖에 안 된다. 그러므로 그녀는 절대로 용비의 공격을 피하지 못할 것이다.

매향소녀는 용비에게서 뿜어지는 기도에 이미 기분이 나

빠져 있는데 그가 마지막 물음마저도 무시하자 따끔하게 혼을 내줘야겠다고 생각했다.

"흥! 역시 천박한 족속들은 두들겨 맞아야지만 정신을 차리는 모양이로군."

용비의 왼쪽에서 매향소녀의 목소리가 들렸다. 그런데 말의 내용은 공격적인데 목소리는 사근사근하고 감미로웠으며 여전히 매향이 풀풀 풍겼다.

하지만 용비는 그 말을 공격 신호로 받아들여 즉시 그녀의 옆구리에 현무공기가 실린 오른 주먹을 번개같이 뻗었다.

거기에 적중되면 매향소녀는 늑골이 완전히 박살 나서 치명상을 입을 것이다.

휘잉!

그러나 그의 주먹은 어이없게도 허공을 후려쳤다.

"흥! 냄새나는 천박한 자가 어딜 감히!"

그 순간 그의 오른쪽에서 목소리가 들렸다. 여전히 싸늘한 내용의 말을 하면서도 매향이 풍기는 감미로운 목소리였다.

왼쪽 한 자 거리에 있던 그녀가 어떻게 주먹을 피하고 거의 같은 순간에 오른쪽으로 이동했는지 짐작조차 할 수가 없는 일이다.

하지만 이런 상황에서도 용비는 충분히 대처할 능력을 지니고 있다.

호신도 속에서의 대신은 이보다 더한 상황을 수백 번이나 만들어내서 그를 연마시켰었다.

소사.

주먹이 빗나가자마자 용비의 두 발이 한 번 좌우로 가볍게 교차하는가 싶더니 어느새 매향소녀의 측면으로 돌아가고 있었다.

그냥 측면으로 돌아가기만 하는 것은 호투신박이 아니다. 호투신박은 어떤 상황에서도 공격을 가할 수 있으며, 어떤 공격이라도 피하거나 막을 수 있다.

물론 완벽하게 익히고 그에 타당한 충분한 공력이 뒷받침될 경우에 한해서다.

지금 용비는 평소 공력의 팔 할 정도를 회복한 상태지만 매향소녀를 상대하는 데에는 부족함이 없을 것이라고 생각했다.

그는 아까 영은산과 천축산에서 수백 명을 상대로 마구잡이 싸움을 벌였었다.

그때는 호투신박을 제대로 펼칠 만한 상황이 아니었다. 그저 본능적이고 반사적으로 방어하고 피하고 공격을 퍼부었을 뿐이다.

하지만 지금은 일대일이기 때문에 호투신박을 마음껏 펼칠 수가 있다.

또한 용비는 지금까지 적수다운 적수를 만나본 적이 없었다. 혈풍도대의 백연, 조오, 능소 세 명은 그의 적수가 되지 못했으며, 옥소염백은 암습을 했기 때문에 제대로 실력을 발휘할 기회가 없었다.

슈슈슉!

매향소녀의 측면으로 돌아간 용비에게서 다섯 가지 공격이 쏟아졌다.

두 번 치고 한 번 후려치고 두 번은 낚아채는 동작인데, 아무리 안목이 날카로운 고수라고 해도 육안으로 제대로 보이지 않을 정도로 빨랐다.

매향소녀의 눈이 조금 커졌다. 투명할 정도로 해맑고 큰 두 눈에는 뜻밖이라는 기색이 역력하게 서렸다.

사실 그녀는 절정고수다. 어렸을 때부터 여러 차례의 기연을 만났으며, 영약과 영물을 밥처럼 복용하고, 더구나 당금 무림의 최강자를 사부로 둔 덕분에 십팔 세 어린 나이에도 절정고수라는 반열에 올라설 수 있었다.

당금 무림에 기인이사가 모래알처럼 많다고 하지만 실제로 절정고수라는 소리를 들을 수 있는 인물은 채 오십 명도 되지 않는다. 매향소녀는 그중 한 사람인 것이다.

그래서 제아무리 일류고수나 특급 일류고수라고 해도 그녀의 눈에는 어린아이 장난쯤으로밖에 보이지 않는다.

그런데 지금 용비의 공격이 장난 수준을 넘어서고 있어서 그녀를 조금 놀라게 만들었다.

그녀는 방심했다. 처음에 그녀는 용비가 입고 있는 어느 방파의 수하 복장을 보고 그가 이류 정도의 무사 나부랭이일 것이라고 생각했다.

그런데 조금 전 그가 왼쪽 옆구리에 일권을 가하는 것을 피하면서 평가가 조금 바뀌었다. 무사가 아니라 일류고수 정도는 되는 것 같았다.

하지만 지금 유령 같은 보법을 밟으면서 측면으로 돌아가 한꺼번에 다섯 차례나 공격을 퍼붓는 용비를 보고는 일류고수 중에서도 특급이라는 결론을 내렸다. 그래서 달리 상대를 해줘야겠다고 생각했다.

스스으으.

매향소녀는 급히 양어깨를 흔들었다. 그러자 그녀의 모습이 대여섯 개로 분화(分化)하면서 이리저리 흩어지며 용비의 공격을 모조리 피했다.

만약 그녀가 계속 여유를 부렸다면 낭패를 당했을지도 모르는 상황이었다.

무림에 존재하는 모든 무공에는 공격의 시작과 끝이 있다. 공격일변도의 공격 초식은 존재하지 않는다. 호흡도 들이마시면 내쉬고 바닷물도 밀물이 있으면 썰물이 있는 이치와 다름없다.

그것은 무공의 상식 중에서도 상식이기 때문에 매향소녀는

용비가 당연히 한꺼번에 다섯 번 공격이라는 조금 놀라운 공
격을 전개한 뒤에는 곧바로 수세를 취할 것이라고 생각했다.

　스으으. 파파팟—

　그런데 그게 아니다. 용비는 비단 수세를 취하지 않을 뿐만
아니라 계속 공격을 이어갔다.

　제자리에서 훌쩍 뛰어오르면서 양발로 다섯 번이나 차고
후리면서 두 손으로는 그녀의 가슴과 목 머리를 치고 긁고 낚
아챘다.

　그것은 마치 방금 전의 공격하고 같은 초식이며 그 초식이
아직 끝나지 않았다는 착각마저 들게 할 정도였다.

　“아……．”

　매향소녀는 적이 당황해서 새빨간 입술 사이로 나직한 탄
성이 흘러나왔다. 또다시 방심했다. 또한 용비에 대한 평가를
새롭게 했다.

　믿을 수 없게도 시골 구석의 어느 방파의 복장을 하고 있는
이 소년이 절정고수라는 사실을 인정할 수밖에 없을 것 같았다.

　그녀의 두 발이 전후좌우로 빠르게 움직였으며 양어깨를
흔들고 허리를 좌우로 비트는가 하면 허리를 앞으로 굽혔다
가 뒤로 젖히기를 반복하면서 용비의 두 번째 공격, 아니, 첫
번째 공격 같기도 한 공격을 어렵사리 피했다. 그러면서 이제
야 용비의 공격이 끝났을 것이라고 생각했다.

‘또?’

설마했는데 이번에도 용비의 공격이 끝난 것이 아니다. 그는 매향소녀의 머리 위로 날아 넘어 뒤로 내려서면서 이번에는 한꺼번에 열두 번의 공격을 소나기처럼 와르르 쏟아내는 것이 아닌가. 시간이 지날수록 그의 한 번 공격에 변화가 더욱 많아지고 있었다.

슈슈슈. 파파팡!

용비가 뒤로 내려서고 있을 때 매향소녀도 뒤돌아서면서 피하고 있었다.

그녀는 물러나며 피하기에 급급해서 도저히 공격할 기회를 잡지 못했다.

평소에 그녀가 즐겨 사용하는 ‘공격에 공격으로 맞서는 방법’ 은 지금 같은 경우에는 먹히지 않을 것 같았다.

왜냐하면 ‘공격에 공격으로’ 라는 방법은 상대가 공격하는 초식의 위력이 어느 정도였을 때 가능하다.

즉, 상대의 공격을 와해 혹은 반감시키면서 공격을 감행하는 것이다.

그러나 매향소녀가 보기에 용비의 공격 위력은 장난이 아닐 정도로 강했다.

예를 들어 그의 공격을 여유 있게 피하지 못할 경우에는 공격의 여파가 몸을 스치면서 따끔거리거나 저릿저릿한 충격을 전해주었다.

얼마나 강력한 위력이면 단지 스쳤을 뿐인데 매향소녀 같은 절정고수가 충격을 받겠는가.

'이게 대체 무슨 무공이지?'

무공에 대해서 꽤나 박식하다고 생각하는 그녀지만 용비가 전개하고 있는 무공에 대해서는 아는 것이 전무했다.

오운하 강둑 위에서 달밤에 벌어지는 일남일녀의 싸움은 점점 더 치열해졌다.

매향소녀는 반격할 기회는커녕 용비의 공격권에서 벗어나지도 못하고 있는 상황이다.

반대로 용비는 조금 초조해졌다. 점점 더 강도 높은 공격을 퍼부으면서 매향소녀를 때릴 듯 때릴 듯하면서도 한차례도 공격이 성공하지 못했기 때문이다.

그는 현재 전력을 쏟아내고 있다. 팔 할 공력은 온전한 것이 아니라서 금세 바닥을 드러낼 것이다.

더구나 그는 치명적인 상처를 여러 군데 입은 상태다. 언제 상처가 터져서 피를 흘릴지 알 수가 없다. 그렇게 되면 매향소녀에게 패하는 것은 물론이고 더 지독한 꼴을 당하게 될지도 모른다.

또한 이렇게 싸우고 있다가 혈풍도대 쪽 고수들 눈에 띄기라도 하면 빼도 박도 못하는 상황이 돼버릴 것이다.

그래서 그는 공격에 사공기를 가미하기로 마음먹었다. 호투신박에 사공기를 주입하면 뻗는 주먹과 손바닥 발길질에 사공기가 뿜어진다.

그러면 제아무리 매향소녀라고 해도 더 이상 피하지 못할 것이라고 판단했다.

휘익!

그때 매향소녀는 쏜살같이 뒤로 물러나면서 허리에 오른손을 가져갔다.

그녀의 무기는 허리띠, 즉 요대(腰帶)다. 그녀의 요대는 바위를 부수고 쇠를 쪼개는 위력을 지니고 있다. 그것을 손에 쥐기만 하면 그녀는 그야말로 무적이 된다.

하지만 웬만해서는 요대를 사용하지 않는 그녀다. 설마 시골 방파 복장의 소년에게 요대를 사용하게 될 줄은 전혀 예상하지 못했다.

스웃.

하지만 매향소녀는 허리에 두른 요대를 푸는 것마저도 쉽지가 않았다.

그녀가 뒤로 물러나는 것과 똑같은 속도로 용비가 그림자처럼 따라붙으면서 여덟 차례의 공격을 퍼부었다. 그녀가 피할 수 있는 모든 방위를 차단한 것이다.

그녀는 오른 손가락 끝에 요대가 만져졌으나 용비의 공격

에 대응하느라 그것을 잡아당기는 간단한 동작마저 할 겨를
이 없었다.

　거센 바람에 풀잎이 마구 흔들리듯 그녀는 상체를 이리저
리 움직여서 용비의 공격 일곱 개를 피해내고 마지막 여덟 개
째 공격은 뒤로 물러나면서 피했다.

　아니, 피했다고 착각했다. 그의 주먹과 그녀의 왼쪽 어깨의
거리가 두 자 이상으로 멀어졌기 때문에 피한 것이라고 생각했
다. 누구라도 이런 상황에는 그렇게 생각할 수밖에 없을 터이다.

　휘웅!

　그런데 용비의 주먹에서 번쩍하면서 시퍼런 빛이 뿜어지
는 것이 아닌가.

　'권풍(拳風)!'

　순간적으로 그것이 권풍이라고 생각했다. 그래서 그것을
피하지 못하면 어깨가 박살 날 것이라고 판단했다.

　스으.

　순간 그녀의 왼쪽 어깨가 슬쩍 뒤로 젖혀지며 시퍼런 빛,
즉 청룡공기를 피했다.

　팍!

　'아……'

　청룡공기를 여유 있게 반 뼘 차이로 피했기 때문에 안심했
다. 그런데 왼쪽 어깨의 옷이 찢어지고 어깨에서 피와 살점이

튀면서 찌르르한 고통이 엄습했다.

청룡공기는 파괴의 위력을 지니고 있다. 즉, 보이지 않는 날카로운 무기인 것이다.

말하자면 그녀는 청룡공기의 보이지 않는 칼날에 어깨를 베인 것이다.

'권풍이 아니라는 말인가? 그러면 설마……..'

매향소녀는 적잖이 놀랐다. 그러나 생각은 길게 이어지지 못했다.

방금 청룡공기를 피하느라 자세가 흐트러졌기 때문이다. 그걸 알면서도 피할 수밖에 없었던 것이다.

이런 절호의 기회를 놓칠 용비가 아니다. 그는 어느새 매향소녀의 코앞으로 들이닥치면서 다섯 차례 공격을 와르르 쏟아냈다.

자세가 무너진 상황에서도 매향소녀는 호락호락하지 않았다. 그녀는 상체를 뒤로 젖히고 허리를 비틀면서 그의 공격을 피해냈다.

그러나 마지막 하나 낚아채는 공격을 머리카락 한 올 차이로 피하지 못했다.

콱!

그녀는 오른쪽 젖가슴이 맹수의 아가리에 덥석 크게 한입 물린 것 같은 느낌을 받았다.

용비의 커다란 손이 그녀의 풍만한 오른쪽 젖가슴을 움켜
잡은 것이다.

아니, 움켜잡으면서 손톱과 손가락이 젖가슴의 야들야들
한 살결을 거침없이 잔인하게 파고들었다. 그것은 호투신박
의 금나수법이다.

'악!'

비명이 목구멍까지 솟구쳤으나 삼켰다. 덜 아팠으면 비명
이 터졌을 것이다.

그런데 지독하게 아팠다. 그래서 비명마저도 지를 엄두가
나지 않았다.

무림에서 여자와 싸울 때 가슴과 하체를 공격하는 것은 금
기로 정해져 있다.

하지만 용비가 그런 것을 알 리 없다. 아니, 안다고 해도 거
침없이 사용할 것이다. 언제나 목적은 수단을 정당화한다고
믿고 있는 그이기 때문이다.

오히려 용비는 그것으로 만족하지 않았다. 그는 왼손으로
매향소녀의 젖가슴을 움켜잡은 상태에서 오른발로 그녀의 복
부를 걷어찼다.

그러면서 오른손의 사신검을 검으로 만들어서 그녀의 목
을 자르려고 마음먹었다.

그 순간 용비는 보았다. 매향소녀의 커다랗게 떠진 아름다운

두 눈에 분함과 수치스러움이 가득 담겨 일렁이는 것을, 그리고
곧 그녀의 두 눈에서 시퍼런 살기가 와르르 쏟아져 나왔다.

슈웅!

그녀의 왼손이 번개같이 앞으로 뻗어 나오는 것을 보고 발
길질을 하던 용비는 둥실 뒤로 물러났다.

그냥 물러나지는 않았다. 발길질이 원래 목적했던 그녀의
복부를 갈기지는 못했으나 물러나면서 사타구니를 가볍게 걷
어찼다. 가볍다고는 하지만 공력이 실린 발길질이다.

같은 순간 매향소녀의 왼손에서 발출된 장력이 용비의 가
슴을 두드렸다.

펑!

"어흑!"

큰 북을 두드리는 음향이 터지면서 용비는 몸이 팽글팽글
돌며 뒤로 훌훌 날아갔다.

매향소녀의 일장은 그의 가슴을 으깨어놓았다. 그뿐이 아
니다. 영은산과 천축산에서 입은 상처들이 일제히 터져서 피
를 쏟아냈다.

상처의 고통을 간신히 견디면서 매향소녀와 싸웠는데 이
제는 그러지도 못하게 됐다.

투다닥. 픽!

그는 매향소녀에게서 칠팔 장이나 날아가 밭에 떨어졌다

가 대여섯 바퀴나 구른 후에 겨우 멈췄다.

몸은 멈췄으나 일장을 적중당한 충격은 그때부터 시작되었다. 가슴이 으깨어지며 정신이 아득해졌다. 단 일장을 맞았을 뿐인데 이처럼 지독한 고통이라니, 그는 비로소 매향소녀를 달리 봤다.

그리고 또한 깨달았다. 조금 전에 폭풍처럼 공격을 퍼붓지 않았으면 자신은 절대로 그녀의 적수가 되지 못했을 것이라는 사실을.

그는 벌떡 일어섰다. 몸은 엉망진창 망가졌으나 오로지 강한 정신력이 그를 일으켜 세웠다.

그는 매향소녀를 쳐다보았다. 그녀는 그 자리에 우뚝 서서 용비를 바라보고 있었다.

그녀의 얼굴에 수치스러움과 분함과 살기가 한데 똘똘 뭉쳐서 일렁거리는 것이 보였다.

또한 그녀의 상의 앞섶이 찢어져서 두 개의 눈부시고 뽀얀 젖가슴이 드러나 있었다.

그중 오른쪽 젖가슴에서 피가 철철 흘렀다. 용비의 다섯 손가락이 젖가슴의 뿌리까지 파고들었기 때문이다. 젖가슴이 뽑히지 않은 것이 다행이다.

용비는 그녀가 공격해 오면 지금으로선 도저히 상대할 능력도 자신도 없다는 것을 깨달았다.

그녀의 일장에 그는 너무 많은 것을 잃었다. 그러므로 지금은 한 가지 방법뿐이다.

그는 몸을 돌려 도망치기 시작했다. 호주를 전력으로 발휘하여 순식간에 멀어져 갔다.

매향소녀는 용비가 멀어지는 것을 보면서도 그 자리에서 움직이지 않았다. 아니, 움직일 수가 없었다.

우선 오른쪽 젖가슴이 떨어져 나갈 것처럼 고통스러웠다. 그러나 그것은 하체에서 전해지는 고통에 비하면 아무것도 아니다.

그녀의 일장이 용비의 가슴에 적중되는 것과 동시에 그의 발끝이 그녀의 사타구니, 즉 소중한 부위를 걷어찬 것이 엄청난 충격을 안겨주었다.

남녀를 불문하고 그 부위는 몸의 중심이다. 그곳을 걷어차이면 온몸이 조각나고 숨이 멎어버릴 것 같은 충격에 빠지고 만다.

용비에게 제대로 걷어차이지는 않았다. 그러나 그의 발끝이 그녀의 그 부위를 아래에서 위로 정확하게 걷어찼다. 즉, 꽂혀 버린 것이다.

그녀는 자신의 일장에 나가떨어진 용비를 천 갈래 만 갈래로 찢어죽이고 싶은 마음이 굴뚝같았으나 소중한 부위에서 전해지는 엄청난 고통 때문에 그 자리에서 꼼짝도 할 수가 없었다.

만약 그때 용비가 공격을 해왔다면 그녀는 선 채로 당할 수밖에 없는 상황이었다.

그런데 다행히 용비는 잠시 그녀를 쳐다보다가 도망치고 말았다. 하늘이 도운 것이다.

"아아⋯⋯."

용비가 완전히 사라진 것을 확인하고서야 그녀는 허리를 굽히면서 손으로 자신의 소중한 곳을 움켜잡듯이 짓눌렀다.

그런데 손에 무엇인가 느껴졌다. 얼른 손을 들어보니 피가 묻어 있었다.

깜짝 놀란 그녀는 사타구니가 온통 피범벅인 것을 발견하고 얼굴이 하얗게 변했다.

"아아⋯⋯."

그녀는 그 자리에 무릎을 꿇고 앉으며 손으로 소중한 부위를 세게 짓눌렀다. 새삼스럽게 고통과 치욕이 엄습하여 그녀를 뒤흔들었다.

젖가슴과 소중한 곳에서 피를 흘리면서 그녀는 고통으로 일그러진 얼굴로 용비가 사라진 방향을 쏘아보았다.

"나쁜 놈⋯⋯."

원한에 가득 차서 중얼거리는 그 말마저도 매향이 풍기는 감미로운 목소리였다.

그때 강둑 하류 쪽에서 두 개의 인영이 나는 듯이 이쪽으로 쏘아오고 있었다.

두 개의 인영은 곧 두 명의 아리따운 소녀의 모습으로 화하면서 매향소녀 근처에 이르러 다급히 외쳤다.

"천주(天主)!"

홍의와 녹의를 입은 두 소녀는 매향소녀의 호위고수이며 심부름 때문에 이제야 도착한 것이다.

그녀들은 주저앉아 있는 매향소녀 앞에 이르러 그녀의 참담한 모습을 보고 혼비백산했다.

"천주! 이게 어찌 된 일입니까?"

"누가 천주를 이렇게 했습니까?"

두 소녀는 자신들이 하늘처럼 모시는 매향소녀가 피투성이 젖가슴을 드러내고 또 하체의 소중한 부위가 피범벅이 되어 있는 모습을 보고는 혼절할 정도로 놀랐다.

얼굴이 동그랗고 매우 귀여운 홍의소녀가 매향소녀의 앞에 마주 무릎을 꿇고 앉아서 조심스럽게 물었다.

"천주, 설마 강간… 을 당하신 건가요?"

그 말이 매향소녀를 두 번 죽였다.

『만능서생』 5권에 계속…

만능서생
萬能書生
만능서생
2
1

ORIENTAL FANTASTIC STORY

김대산 新무협 판타지 소설

心劒誌
심 검 지

꼬물거리는 새끼 용(龍) 한 마리!
작고 희미한 검 한 자루!
순박한 산골 소년의 마음속에 심어지고 만 그것들이
지금 조금씩 자라나고 있다!

김대산! 그의 아홉 번째 이야기!

**"한 자루 마음의 검을 다듬어내니
천지간에 베지 못할 것이 없도다!"**

Book Publishing CHUNGEORAM

유행이 아닌 자유추구 -
WWW.chungeoram.com